JN104409

魔性のαとナマイキΩ
-Be mine！sideR-
［中］

りょう 著

Illustration
MEGUM

エクレア文庫

CONTENTS

魔性のαとナマイキΩ
-Be mine！sideR-
［中］

人物紹介

零士 　α
れいじ

人気の若手実力派俳優。
バーでレキを見かけ、
興味を持つ。

レキ　Ω

大学生。三兄弟の末っ子。
αを毛嫌いし、
βとワンナイトばかり
していたが…。

α　夏陽
　　なつひ

レキの義兄。

Be mine !
Universe

爽　β
そう

ソナタと交際中。

ナオト　Ω

三兄弟の長男。

Ω　ソナタ

三兄弟の次男。

魔性のαと
ナマイキΩ

-Be mine！sideR-

[中]

【5.Anxiety】

戸惑い…sideレキ

——αなんて大嫌いだ。

強過ぎる執着心と支配欲が死ぬ程、嫌い。

友達だと思っていた理人も、俺を犯し続けた奴等もα。二度とαの玩具(オモチャ)なんかになるもんか。

そう心に誓っていたのに——

俺はαと関係を続けている。

あんなに嫌悪していたαと……

　　　　＊　　　＊　　　＊

……なんだ？　くすぐったい。

目が覚めると、髪を弄(もてあそ)ばれているのに、気が付く。

ロイヤルブルーのカーテンと高い天井。シーツに残る甘い香り。

零士の部屋……

「おはよう、レキ」

何事も無かったかのように、零士が話しかけてきた。

昨日、理人と偶然、再会した。触られた事で、トラウマがフラッシュバック。逃げるように零士のマンションを訪れた事を思い出す。

ゲームをして気も緩み、酒に手を出したのが間違いだった。

手を払い、ジロリと睨む。

「昨日は色々とやらかしてくれたな」

零士の弱点を掴んでやろうと思い、次々に飲ませ、思惑通り酔わせる事に成功したが――

　挿れる前に口で二回もイカされて、ぐずぐずになっているところ、ぶちこまれて散々な目に遭った。

「覚えてねぇだろうけど……お前、酔っ払って『可愛い』とか阿呆みたいに何回も言ってたんだぞ!?」

　どうだ、恥ずかしいだろ。お前もちょっと位――

「覚えてるよ」

「へ……？」

「しかも本音」

　しれっと零士が言う。

「ほ、本音って……」

「照れてんの？　ふっ……可愛いな。レキは」

　こいつ、素面なのに『可愛い』とか言いやがった！

「は!?　誰が可愛いって!?」

「……今まで出会った誰よりも可愛い」

　きっぱり言い切り、笑いかけられる。

「馬鹿野郎！　男が可愛い訳あるか！」

「照れた顔が一番好きかも」

『好き』……!?

　零士の発した単語に動揺を隠せない。

「阿呆かっ!!」

　俺は怒っているのに、零士は笑いを堪えている。

　今のも冗談……？　からかわれたのか……？

「怒ってるのも可愛いね」

　零士の言葉に開いた口が塞がらない。

　話になんねぇ！　駄目だ、こいつ。酒抜けてんのにおかしい。

「金曜日は俺、仕事休みだし、朝ゆっくりできていいな。次は木曜

日から泊まりにおいでよ」
「大学とバイトがあるっての」
　上機嫌な零士に呆れてしまう。
「うちから通えば？」
　……なんだ。その意味深な台詞(セリフ)は！
　合鍵を渡したり、同棲を匂わせるような事を言ったりして。
　段々腹が立ってくる。
「いい加減ふざけるな」
「俺はいつでも本気だよ」
　顎(あご)をそっと上げられる。
「……やめろ」
　注意すると、零士は目を細めた。
「レキ、お腹(なか)空(す)いた？」
　今度はとびきりの笑顔。
　クソ。すぐ、そうやって誤魔化す……

　朝食は少し焦げている焼き鮭とサラダとインスタント味噌汁。零
士が作ってくれた。
　デザートに昨日の蒸しパンも食べた。
「今日の夜は何時に来る？　約束のカレー、作ってね。エアーチー
ズケーキもだよ。大学迎えに行こうか？」
　零士の言葉に項垂(うなだ)れる。
　やっぱり今日もカレーなのか。
　おまけに三日連続……
『今日はもう来ない』
　そう言ってやりたいけれど、昨夜は俺が勝手に来たわけだし……
　約束は約束。でも迎えは変だろ。本物の彼氏じゃないんだから。
「いらん！　子ども扱いするな。……自分で来られる」

「そう？　じゃ、待ってる」

　零士が嬉しそうに笑う。

　テレビで見る笑顔と感じが違うな……

　ちょっと可愛──って、違う!!

　自分の脳内に悶絶。

「俺、時間だから帰る」

　キャパオーバーで撤退を決めた。

「楽しみにしてる。またね、レキ」

　零士の言葉に答えず、マンションを出た。

　奴は酒に弱い。俺は弱みを握ってやった。

　言われた数え切れない程の『可愛い』。思い出すだけで叫びそう

になる。俺は可愛いキャラじゃねぇし。

　……敵前逃亡したのは、断じて照れたからじゃない。

　あいつに酒を飲ませるのはもうやめよう。エライ目にあった。

料理…side零士

　冷蔵庫の中を見て、溜息をつく。そこには、レキに作って貰うはずだったカレーの材料しか入っていない。

　街中でレキがαと仲良さげに話していた。たったそれだけで理性が飛び、キッチンで無理矢理、襲ってしまった。

　感じた事のない独占欲。
　抑えきれなかった激情。
　碌（ろく）に話もせず抱き潰すなんて……

　αの性（さが）。そんな簡単な言葉じゃ片付けられない。
　途中で寝室に移動したが、不安そうなレキを思い出すだけで、居たたまれない気持ちになる。
　元々α嫌いなんだ。さっきので愛想を尽かされたりしたら……
　俺は連絡先を知らない。レキが家に来るのをやめたら、この関係は終わる。

　野菜をカウンターに乗せ、包丁を取り出した。
　料理は苦手。まともにやった事もないし、料理をする楽しさも必要性も分からない。
　毎日、外食。これでは駄目だと、何度か試した。けれど努力しても上達せず、味も見た目も微妙。時間をかけてできないなら、コンビニや外食の方がマシだ。一言で言えば、向いていないのだと思う。
　ピーラーでじゃがいもの皮を剥こうとするが、上手くいかない。芽も取り除かなきゃいけないし、外側を厚めに切り落とした。
　本体は小さくなってしまったけれど、仕方ない。久し振りの包丁

と格闘しながら、なんとか野菜の下準備を済ませた。

　レキは食べる事が好きだ。甘い物もそうだし、基本、なんでも美味しそうに食べている。
　……虫が良過ぎるかな。料理をしたら、レキが笑ってくれる気がしたんだ。
　ぐつぐつと煮たっている鍋をかき混ぜる。

　それなのに意気込んで作ったカレーは残念な出来。具材は溶け、味も薄い。喜ぶかもと思って作ったオレンジ蒸しパンも大失敗。生地が緩く膨らまず、酷い有り様だった。
　これじゃあ、食べさせられない。
　散々な状態にがっかりしてしまう。
　お詫びに美味しい物を作る事もできないなんて……

　ベランダへ出て、煙草を吸っていると、人の気配に気付いた。
　窓の側にレキが立っている。
　少し不安そうな顔を見て、後悔が押し寄せた。
　なんて伝えればいい……？
　嫉妬に負けてあんな風にしてしまうなんて、俺自身、思いもしなかったんだ。
　でも、そんな言い訳、レキにとっては無意味だろう。
　持っていた携帯灰皿を出し、火を消す。
『さっきはごめん』
　言いかけてやめた。
　嫉妬したなんて聞いたらレキは逃げるかもしれない。それに嫌な事を無理に思い出させるだけ……

ぎこちない雰囲気の中、レキは俺の失敗カレーを食べてくれた。『不味い』とは一言も言わず、『野菜が溶けてるのも悪くない』そう言って。

「ははっ。なんかネチャネチャしてる。腹壊したら、責任取れよ」

　笑顔を見たら、余計申し訳ない気持ちになる。散々止めたのに、レキは膨らまなかった蒸しパンまで全部食べてくれた。

　まだ笑ってくれるのか。

　優しくできなかった俺に……

事実

　興信所から連絡が届いた。

　依頼していたものの、調べがついたと——

　撮影と打ち合わせの合間、近くのファミレスに受け取りに行く。

　外で確認するような内容ではない。

　急いで一度帰宅し、中の資料に目を通した。

　依頼したのは、関わった奴の写真、名前と住所、大学や会社名、生活サイクル。

　数人かと思っていたのに。こんなに……

　多過ぎる名前に愕然とする。

　前にホテルで会った奴と仲間の三人には接触済み。そいつ等の名前を斜線で消す。

　今日の夜に何人か行ってみるか……

　書類をしまい、仕事に戻った。

＊　　　＊　　　＊

　夕方、監督の体調不良で映画の撮影が一本キャンセルになった。

「和葉！　ヤクザ風の悪そうな男にして」

　真っ直ぐ事務所に向かい、和葉を捕まえる。

「またですか。今度は一体、何をしてるんです？」

「秘密。十分で変身させて」

「十分!?　また無茶な事を言って！」

　困り顔の和葉に一歩近寄る。

「双子は今日、仕事だし……和葉にしか頼めない。お前の腕と早さだけが頼りなんだ。和葉なら余裕でいけるだろ？」

「も、もう。零士さんってば……よーし！　任せてください。絶対に間に合わせます！」

　ノリノリな和葉に吹き出しそうになりながら、椅子に掛けた。

　派手な色のスーツを着込み、鏡の前に立つ。
「この短時間で流石」
　思わず口にした。
　今日は目元に隈と特殊メイクで傷まで作ってくれて、それっぽい。
「こ、怖……っ！　自分でやっといてなんですけど。やり過ぎましたか？　街中を歩いたら皆、端に寄って道を譲りそう」
「いや、ちょうど良い。休憩中に悪かったな」
「ふふ。楽しかったです。ちょっと目立ち過ぎるから、ジャケットと眼鏡を持って行ってください。外を歩く時はこっちを羽織って……本物のヤクザやチンピラに絡まれても困るし」
「ありがとう。本当に助かったよ」
　礼を伝えて事務所を出た。

＊　　　＊　　　＊

　比較的、住所が近いターゲットの日常サイクルを確認すると、今の時間はバイト中と書いてある。休憩時間に合わせて、最初はそこへ向かった。
　ジャケットを羽織っても集まる視線。けれど振り向いても絶対に目は合わない。
　バイト先の本屋は人で賑わっている。乗り込むと、極道の来店に店内は騒然となった。
「──くんはいますか？」
　レジにいた学生バイトに話しかける。

「休憩中で……い、今……呼んできます」

　奥から出てきた男は間違いなく、興信所で調べてもらった奴の顔と同じ。不安そうな表情を浮かべ、恐る恐る俺に近付く。
「どうする？」
「警察呼ぶ!?」
　ひそひそ話す店員達。
「……レキの事で話がある」
　それだけ伝えると男の顔色が明らかに変わった。
「心配いりません。知り合いなんです」
　男は店長に告げ、俺を外へ連れ出した。

「約束ならきちんと守ってます。烈って人に言われた通り、レキとはあれから一度も会ってません」
「烈……？」
　話の意味が分からず聞き返す。資料には無かった名前だ。
「あなたの仲間じゃないんですか」
「……仲間？」
「レキが引越した後……夏前だったと思います。不良十数人に拉致され、廃屋のような所に閉じ込められました」
　それは思いもしない内容だった。
「散々殴られて……二度とレキと会わないよう、約束させられたんです。地元に残っていたαは皆やられたと噂で聞きました」
　その言葉を聞き、ふと思い出す。
　資料によると、ケーキバイキングに行った日、ホテルで会った奴は県外の大学在中と書かれていた。
　まるで制裁のような行為。レキは不良とつるむようなタイプじゃ

ないのに……

「……烈はレキの家族か？」

「当時、無抵抗だった事を考えると、多分違うと思います。家族ならその時にお礼参りされているでしょう」

　家族も知らない。その可能性を考えていなかったわけじゃなかったけれど。

「抵抗しなかったのは——」

「分かってます。抵抗すると殴られるから、自己防衛の為、レキは抵抗をやめた。……今更だけど、反省しています」

　俺の言葉を遮り、男は目を伏せた。

「でもレキを抱いてると堪らなくて。途中から余計な感情が邪魔してやめられなかったんです。約束通り、今後一切レキには会いません。……顔向けできませんから」

＊　　＊　　＊

　その後、他に二人の男に会いに行った。

　最初に訪ねた男と同じく、烈という男に怯え、自分の行いを反省しているようだ。

　一応、念には念を入れて、目を見て脅しておいた。

　もしかしたら烈は元彼か……？

　——話をまとめると、レキと烈は同じ学校。烈は不良グループのリーダーで、片っ端から関わった奴を複数で取り囲み、傷めつけた後、『今後一切レキに関わるな』と脅していた。

　レキが烈に相談したのか？

　烈は多分、α。過去を知った上で一緒にいた……？

　αなのに……？

考えれば考える程、分からない。

烈は、レキを大事にしていた。
はっきり分かったのはそれだけ。

気持ちを切り替えて、次のターゲットの元へ向かう。
　同じクラスで親友だった理人という男。レキの気持ちを考えると暗くなる。
　夏休みは必ず海外旅行に行くような金持ち。レキが引越してすぐ語学留学の為、渡米。しばらく日本を離れていて、最近、帰国したらしい。
　烈が率いる不良グループが制裁をしていた時期、アメリカにいたという事だな。
　その日、自宅、バイト先、どちらにも理人はいなかった。
　こいつは明日に回すか……

＊　　　＊　　　＊

　最後に訪れた男は、烈という男を知らなかったものの、レキの事情にやたら詳しかった。
　急な来訪に慌てる事もなく、男は俺を部屋へと招いた。ヤクザ風の奴を躊躇いもなく中に入れる事に驚く。

「レキに関わったαを訪ねているのはあなたですか？」
　男はペットボトルのお茶をグラスに注ぎ、そう言ってきた。
　事情を知っている口振り。男の言葉に頷く。
「あなたはレキの恋人ですか？」
「……違う」

まさか、この形でそんな風に思われるとは。

　嫉妬深いヤクザの恋人が過去に関係を持った奴を潰しにかかっていると思われたのだろうか。

「俺はαですが、レキを抱いた事はありません」

　先回りするように男が言ってきた。

「レキに手を出してない証拠は？」

「……証拠になるか分からないですが、俺はその時から番がいて、レキのフェロモンに影響を受けませんでした」

「そうか……」

　男が出してきたお茶に口をつける。

「当時、俺の友達がレキにはまっていました。レイプに加担し、自らも加害者だった。でも一ヶ月もしないうちにそいつが『レキを好きになった』と抜かし、呆れてたんです」

　男が俺を真っ直ぐ見る。

「実は今さっき電話がかかってきました。『バイト先の本屋にヤクザみたいな男が来た』……と。あなたはレキの過去を調べて何をしたいんですか？」

　最初の本屋の男の友人か……

　緊張しつつ決意した表情。レキを心配しているようにも見える。

「つい先日、一緒にいる時に酷い男と鉢合わせて過去を聞いた。レキは落ち込んで怖がっていたから、力になりたいと思って。とりあえず不安要素を潰したい。レキが今後、辛い思いをしないように」

　ありのままの本音を伝えた。

「……αなのに。過去を知っても手助けをしたいだなんて変わってますね。レキは元気ですか？」

　正直、そんな言葉が返ってくるとは思わなかった。

「……君は友人だった？」

我慢できず、聞いてみる。
「いいえ。直接話した事はありません。でも事情には詳しいと思います。友達から色々聞いていましたから」
　真剣な様子を見て、真意を探る。
　この男は俺に何を言いたいのだろう……
「何人ものαがレキを取り合っていたそうです。自分だけのものにしたくて、しょっちゅう揉めていたし、病院沙汰も何度かありました。まぁ、イカれたαの親が全部揉み消してましたが……脅しても優しくしても、αの権力を振りかざしても、誰一人、レキを落とせなかった」
　病院沙汰。一体、どんな人生を送っていたんだよ……

「……もう理人には会いましたか？」
　男が呟いたのは、さっきの留守だった男の名前だった。
「まだ会っていない」
「この一連の諸悪の根源ですよ。それだけ調べているならご存知かもしれませんが……」
「諸悪の根源？」
　今回、加害者を調べるだけで、原因解明は依頼していない。
「……あなたもαですよね？　全てを知ったら見放すのでは？　知るのは怖くありませんか？」
　明らかにこの男はレキを心配している。
「それなら最初から一緒にいない」
　姿勢を正し目を見て答えると、男は話を再開した。
「二人はとても仲が良かったそうです。でも発情（ヒート）のせいで関係は一変。『抑制剤を飲まず誘った』理人がそう話したせいで『淫乱』と不名誉なあだ名を付けられて、α達の玩具（オモチャ）になってしまいました」

──胸が痛い。

　　覚悟はしていたけれど……

　　想像より酷い事実にショックを隠せなかった。

「友人じゃないなら、なんで話した……」

　　初対面の俺にここまで暴露した理由が気になり、聞いてみる。

　　男は少し目を伏せた。

「本当は俺、許せなかったんです。あまりに最低なα達の暴挙。自分にもΩの番がいるから不憫で……学校にこの事実を相談した事があるんです」

「……学校はなんて？」

「『この件はこちらで処理をするから、君は手を引くように』そう言われました。でも、しばらく経っても解決せず。……α達は著名人の息子、権力者である事が多い。学校はαを敵に回したくなかったのだと思います」

　　男の話を黙ったまま聞く。

「教師には何回も言いましたよ。でも、ある日、校長室に呼び出されたんです。『君の進学と就職、ご両親の会社経営に関わる話だから、これ以上、騒ぎ立てるのはやめなさい。君の大切にしているΩの番の子も傷ついたり、辛い目に合うかも』……と。俺は脅しに屈したんです。あいつ等に嫌悪感を抱きつつ、自分の保身の為に」

　　後悔を滲ませ、唇を噛む。

　　自分の大事にしている番や親を人質に取られたんだ。無理もない。

　　それ以上、そいつを責める気にはなれなかった。

「そろそろ帰るよ」

　　立ち上がり、玄関に向かう。

　　レキがこの男の話聞いたら、どう思うだろう……

　　結果は何にもならなかったけれど、気にかけてくれていた、それ

だけで優しいレキは『ありがとう』って言う気がした。
「話してくれて、ありがとう……」
　一言だけ礼を伝える。
　その瞬間、男の眉が歪んだ。
　きっと悔しかったんだろう。権力に屈し、脅しに負けた過去。
　……でも一つ、真実を知った。

＊　　　＊　　　＊

　もう一度、理人の自宅を訪ねたが、ドアが開く事はなかった。なんとも言えず苦い気分になり、煙草を咥え、重苦しい気分で煙を吐き出した。

訪問

コンビニに寄り、ホットケーキミックスの本を掴む。チョコと牛乳もカゴに入れた。

寂しかった思春期。誰にも言えなかった孤独。最初、俺はなんとなくレキに近いものを感じていた。

でも知ってしまった事実はあまりに大きくて。

あんなに優しい子なのに……

親友に裏切られ孤立。本当に相談できる人は一人もいなかったのか？　学校もレキを見捨てたなんて。

少しずつ心を開いてきたけれど、時々感じる距離。無意識に怖いと思っているのかも……

無理に距離を縮めようとするのはやめた方がいいかもしれない。レキの心に負担がかからないように。

レキはもっと人に愛されるべきだ。甘やかして大事にして、安心するまで待ってあげたい。

決意を新たに家に戻り、冷蔵庫を開く。卵とオレンジジュースを出し、ホットケーキミックスを棚から出した。買ってきた牛乳、チョコも袋から出す。今回は適当にやらず、きちんと計量した。

モヤモヤしながら、ホットケーキミックスをかき混ぜる。

……過去に戻る事ができたらいいのに。俺が同じ学校だったら良かったのに。

できもしない想像をしては、溜息をつく。

レキの過去を思うと胸が痛くて、どうにかなりそうだった。

インターホンが鳴り、ハッとした。

　レキに食べさせたくて練習した蒸しパンはいつの間にか、いっぱいになっている。

　考え事をしながらだったから、作り過ぎてしまった。

　来客なんて珍しいな。しかも、こんな時間に。

　画面を覗き、驚いた。

「レキ」

　約束は明日なのに。一体……？

　少し元気がない気がするのは、さっきのやり取りのせいで、そう見えてしまうのだろうか。

　自分で鍵を開けるように頼み、テーブルに置きっぱなしの資料を片付けた。

　暗証番号を入れる音がする。

　資料を棚の奥に隠し、各部屋の灰皿を回収。煙草の吸い殻を捨てて簡単に洗い、戻してから玄関に向かうと、リビングのドアを開けた所にレキがいた。

　……暗い顔はやめないと。レキだって、俺に過去を詳しく知られるのは、不本意なはず。

「いらっしゃい。ごめんな。開けてやれなくて」

　レキは浮かない顔をしていて、元気がない。

　何かあったのか？

　声をかけようとした時、蒸しパンに気付きレキは目を丸くした。

　その後は爆笑。いつもと変わらない様子にほっとする。

　買ってきたゲームを思い出し、見せた。ソフトはほぼ全部、レキの得意なもの。

『無駄遣いして』そう言いながら、レキは興味津々だった。

勝負に持ち込み自然に賭けをして、この前、キッチンで録音した音声を消去に持っていく。それが買ってきたゲーム機の役目。

　嫉妬して酷くしてしまった証拠。辛そうな声をきっと聞く気にはなれない。

　さて。どうやって誘導しようか……
「ゲーム再戦を申し込む！　俺が勝ったら、昨日の録音を消せ！」
「いいよ」
　……良かった。自分から言い出してくれて。

　レキは蒸しパンを山程食べてくれた。
　作った物を食べてくれるのって嬉しいんだな。
　その後、二人でゲーム。結果はレキの勝ち。録音を目の前で消し、任務完了。

　──お前を守りたい。綺麗事じゃなく、心からそう思う。
　これ以上、誰もレキを傷つけないように。

耐性

　昨夜は一緒に飲んで、勧められるまま、お代わりしてしまい……

　している最中に目を見続け、触り過ぎた。いくら酔ったとはいえ、コンタクトも眼鏡もしないで抱くなんて。

　最初こそ、そのまましたものの、回数を重ねる毎にレキへの気持ちが強くなり、ここ最近はずっと注意していたのに。

　しかしレキの様子を思い出すが、全くと言っていい程、変化が無かった。

　あんなに触れても見ても、大丈夫だなんて。フェロモンに耐性があるとか、効きにくいとかのレベルじゃない。

　一切影響が無い……？

　今まで、そんな人はどこにもいなかった。

　街中で会った二人のα。

　レキの初めてを奪った理人。

　何度も体を暴いた奴等。

　レキを守っていた烈という男。

　──男の影が多過ぎてモヤモヤする。

　でもαの独占欲なんかじゃなくて。

「ウ。ぅ……ウーン……」

　苦しそうなレキの声。

　……うなされている？　何か嫌な夢を見てるのか？

　髪を触るとレキの目が開いた。

「おはよう、レキ」

　声をかけた俺に対して、レキはジロリと一睨み。

良かった。変わらない。いつものレキだ。
　可愛いと言ったのは本音、そう伝えたら、レキは困っている。
「今まで出会った誰よりも可愛い」
　そっと頭を撫でる。
　浮かれている？　でも浮かれたくもなる。不本意だったとはいえ、レキに完全耐性がある事が立証された。

『俺のものになって』
　……まだ言わない。
　レキの心に寄り添って、誰より大切にしよう。
　それまでは一緒にいると楽しい、そんな関係で構わない。
『俺の特別になって欲しい』
　いつか伝えたい。

　今は逃げられないように、気を付けないと。猫と同じく、警戒している時は無理せず、慣れるまで待ってあげたい。怖がらせないように、ゆっくりと。
『三日連続は行かない』って言われると思っていたが、レキは来てくれるらしい。
　嬉しくて口元が緩む。
「またね、レキ」
　耳まで赤いレキを見送った。

　着信音が鳴り、スマホを手に取る。
　画面には赤井さんの名前があった。
「……赤井さん？」
『もしもし、零士。オフの日にごめんね。ドラマの事なんだけど……同じシーンなのに、部屋の明るさが違った所があったらしいの

よ。平謝りされたんだけど、それの撮り直しをしたいんですって。
あとね、身内に不幸があった人がいて……お通夜は日曜日らしいの。
その日の分を今日、撮れないかって。監督から相談されて……』
　申し訳なさそうな声が聞こえてくる。
「いいよ。ただ夕方に約束あるんだけど……」
『二〜三時間の予定だから、夕方までかからないわ。12時にＦ28ス
タジオで。ごめんね。本当に』
「なんで赤井さんが謝るの。仕方ないよ。大丈夫だから」
『打ち合わせが入っていて、迎えに行けないの。タクシーを手配し
ておくわ』
「平気。用があるし、自分で行く」
『……あ……！　はい。今、行きます！　ごめん、呼ばれちゃった。
行かないと……じゃあ、申し訳ないけど、よろしくね』

＊　　　＊　　　＊

「お疲れ様でした！」
「監督。無理言って申し訳なかったです。零士くんも忙しいのにす
まない」
　日曜日来られなくなったのはベテランで自分の父親役。撮影はス
ムーズに進み、予定していた時間より早く済んだ。

　赤井さんと二人で控室に戻る。
　……少し時間はあるな。今の時間なら理人は大学のはず。
「予定よりかなり早かったわね。流石、零士。休みの日に呼び出し
て悪かったわ。ケーキ食べに行く？　お詫びに奢るわよ」
「赤井さん。今日は帰らないと。行きたい所があるんだ」
「レキくんとデートは夕方からって言ってなかった？」

「……いや。その前にレキの初めての男に会いに行ってくる」

「え……それってどういう事!?　何それっ!　修羅場!?」

「じゃあ、お先に」

　若干、興奮気味な赤井さんを背にドアノブに手をかける。

「ちょっと!　やめてよ、零士。気になるじゃない!　信じられない。零士もヤキモチ妬いたりするの?　ドラマだと胸キュンな演技を見せてくれるけど、私生活ではドライでクールなあなたが嫉妬……恋敵と対面……?　やだわ。気になる!　私はまだ仕事いっぱい残ってるのよ。仕事にならなかったらどうするの!?」

「時間ないから、また今度ね。行ってきます」

　大騒ぎする赤井さんを置いて控室を出た。

【6.The past】

再来……sideレキ

今日はオープンから昼まで仕事。

小雨が降っているせいか、客足が伸びない。

濡れた窓を見つめる。

そういえば最近、雨でも頭痛がしないな……

やり過ぎのせいだけれど、よく眠れるから嫌な夢も見ないし。

ふと昨日の蒸しパンの事を思い出す。

αでなんでもできるくせに、料理は下手とか笑える。あの蒸しパンは流石にアウト。

思わず一人で笑ってしまいそうになり、咳払い。

零士が突拍子も無い事ばかりするから……騒がしい日々に落ち込んでいる暇もなかった。

……そうだ。お客さん、少ないし、今のうちにスティックシュガーやミルクの補充をしておこう。

フロアの仕事は早々に終えてしまい、暇になる。窓や棚、冷蔵庫の掃除、シルバー磨きを黙々とこなし、カップの漂白を済ませ、いよいよやる事が無くなってきた。

『可愛い』

不意に零士の言葉を思い出してしまい、頭を振る。

あいつ、一体どんなつもりで……

出てくるなよ。バイト中、思い出すの、無し!!

大体、成人済みの男に可愛いってなんだ。あの野郎……

「失礼します」
　気を取り直して、控室に入ると、パートの小林さんと店長がいた。
「ねぇねぇ。最近、レキくん、恋人できた？」
　小林さんから、とんでもない爆弾が飛んで来る。
「……いませんけど」
「またまた～土曜日とか、色気漏れてたし、隠しきれてないよ」
　ニヤニヤ顔の小林さん。主婦パワーに圧倒され、後退る。
　う、土曜日……
　週末、体がダルかったのは否定できない。
「最近やたらモテるけど、レキくんは絶対、お客さんの連絡先、受け取らないよね！　恋人はどんなタイプ？」
　仕事先ではセフレを作るつもりはなかったし、ナンパはほぼ首輪に釣られたα。ここは俺の『普通』の場所だから、βの場合でもそういう誘いは断り続けてきた。
「……小林さんの旦那さんはどんな方なんですか？」
　弾丸トークに引きつりつつ、逃げ道を探す。
「やーねぇ。うちの旦那の話なんて、どうでもいいわよ！　彼氏？　彼女？　何してる人なの？　もしやここのスタッフとか!?」
　作戦はあえなく失敗。困っていると、店長と目が合った。
「恋人できて良かったね」
　店長までにこにことしていて嬉しそう。
「だから恋人なんていませんってば……」
　違うと言っているのに、店長も小林さんも口元が緩みっぱなし。
　そうこうしているうちにドアが開いた。
「やっぱり！」
　また面倒な人が来てしまった。
　コーヒー豆の発注ファイルを片手に、パートの佐藤さんが控室に入って来る。

「当ててあげる。彼氏はイケメン爽やかαでしょ。会ったわよ」
「α……？」
　佐藤さんが言うには、昨夜、αの男が俺を訪ねて来たとの事。
　零士じゃないよな……？　家にいたし。
　いかんいかん。αと言われて、真っ先にあいつの顔を思い浮かべてしまった。
　でも誰だろう。わざわざバイト先に来るなんて。
　思い当たる人物が無く、頭を捻る。
「……彼氏じゃないです」
　一応、否定しておく。
「またまた〜！」
　こうなったら、パートさんは止められない。

　二人に根掘り葉掘り聞かれて、本当に疲れた。途中から他のバイトまで喰い付いてきたし。
　着替えを済ませ、鞄をロッカーから取り出す。
　シフトを確認していると、控室へさっきのメンバーが入ってきた。
「今から新しい紅茶の試飲をするんだ。レキくんも時間あったら、どう？」
　店長に聞かれる。
　大学の講義まで少し時間があるが、レポートの資料を借りに図書室に寄る予定。それにこれ以上からかわれたくない。
「すみません。俺、大学なんで……」
「そっか。じゃあ、また今度にでも。お疲れ様」
「今度、彼氏の写メ見せてね！」
　小林さんと佐藤さんが手を振る。
　否定するのも面倒になり、お辞儀してその場を後にした。

恋人じゃないって言っているのに。

「あの……レキは……」
「レキくんなら、ちょうど」
　入口でスタッフを捕まえている男を見て、ギョッとした。
　……理人！　なんで、ここに。
　途端に心臓が嫌な音を立てる。
　入口から出るのはやめて、そっとバックヤードに向かった。
　昨日、店を出るところを見られていたのかもしれない。
　──さっき佐藤さんが言っていた『イケメン爽やかα』って、あ
いつの事だったのか。俺が逃げた後、聞きに行ったに違いない。し
かも俺の上がりの時間、教えるなんて。……恨むぞ。
　嫌だな。バイトの人の前で過去の話をされたりしたら。
　バックヤードを通り、そっと裏口から抜け出す。
「レキ！」
「……」
　せっかく裏へ回ったのに、理人がそこで待ち構えていた。
「なかなか出てこないから、裏口から帰ったのかもって店の人に言
われて……」
　あーもう。余計なことして！
　絶対、彼氏だと勘違いされている。

　──消してしまいたかった過去と苦しいだけの記憶。
　封印したはずのトラウマは、望んでもいない再会のせいで、簡単
に俺を蝕む。
　別にお前だけが悪いわけじゃないのは分かっている。
　でも思い出したくないんだ……

「なぁ、レキ。少しでいいから話したいんだ」

　真剣な顔を見ても、居心地が悪くなるだけ。

「……俺、大学に間に合わないから」

「それなら送って行くよ。すぐ、そこに車を待たせてるし」

　そうか。執事が送り迎えをするような良家の子息だっけ。今、思うと、よく一緒にいたな。あまりに違う人種なのに。

　……密室とか無理。

「いらない。目立ちたくねぇし」

「じゃあ、いつなら時間作ってくれる？」

　理人が一歩近付く。

　っていうか、近い。それにしつこい。

「だから彼氏がうるさいんだ。二人きりで会ったりしたら──」

「彼氏なんて嘘だろ」

　遮られた言葉に思わず固まる。

「相変わらずレキは嘘が下手だな。嘘つく時に目を逸らす癖、変わってない」

「……嘘……じゃない」

　なんで、そんな昔の事を覚えているんだよ。

　確かに楽しい時間もあった。お互いの気持ちが分かって、居心地が良かった理人の隣。

「頼む、レキ。少しでいいから……」

　そんな必死に言われても、もう戻れないんだ。理人。

「今から大学って事は近場？　もしかして国大？」

　言い当てられてしまい、何も言えず黙る。

「レキ……」

　お前には過去の話かもしれない。でも俺は未だに囚われたまま。話をしているだけで息が苦しくなる。

まだ気持ちも整理できない。
「とにかく、もう行かないと遅れるから……」
　一方的に告げて、背を向ける。
「レキ、待って！」
　手を掴まれた瞬間、体中がゾワッとする。

『気持ち悪い』
　鮮明に甦るあの時の理人の言葉。
　否応無しに引きずり込まれる。──封印したかった記憶、暗い過去へのフラッシュバック。
　昨日の事のようにはっきりと思い出し、体温が下がった。全身が接触を拒否している。
　俺に触るな……！
　口の中がカラカラに乾く。死ぬ程、頭が痛い。耐え難い嫌悪感。
　レイプよりも……
　お前の言葉と態度に傷ついて、トラウマになった。
　そう言えばいいのか……？

「離せ」
　情けない位、小さな声しか出なかった。
　手を振り払い、背を向けて歩き出す。
「レキ！」
　呼び止められ、心臓が騒がしくなる。
　怯えている事に勘付かれたくなくて、余裕な振りをした。
　……追ってきたら、どうしよう。
　冷や汗をかきながら一歩ずつ歩く。

「また明日、会いに来る……」
　理人が遠くで言っているのが聞こえた。

　明日もバイトがある。
　下手に邪険にして、バイトの人に過去を知られたりしたら……
　手の平を返したように冷たくなった友人や腫れ物扱いをするクラスメートを思い出す。
　──俺の場所を奪わないでくれ。
　クソ。どうすればいいんだ……！

相談

理人の言葉が頭から離れなくて、大学の講義中も上の空だった。
『明日、また来る』
予想はつく。
『あの時はごめん。許してくれ』
多分、そう言いたいのだろう。
――俺は許せるのか？
お前は謝ってスッキリするかもしれない。けれど自分でも言葉にできない思いをどうすればいい……？
あの日、会わなければ、お前は俺を思い出す事もなかった。きっと自分の心に残る罪悪感を消したいだけ。
足取りも重く、零士の家に向かう。

頼んでみようか。彼氏の振り。零士なら店の皆に気付かれる事なく、助けてくれる気がする。
とにかくバイト先にバレたくない。同じ大学の奴もいるし、万が一、大学でバレたりしたら……
考えるだけで心配になる。
零士ならきっと上手く誤魔化して……
――いや、なんで零士に頼むんだ。
あいつを頼ろうなんて。自分で解決するしかないのに……
少し急ぎ足でマンションに入った。

明日、店に行ったら、理人は彼氏じゃないから、予定を話さないで欲しいと頼もう。
もし理人が諦めなかったら……？

皆の前で昔の話をされたら……？

　ぐるぐる考えながら、二人でカレー作りをした。

「レキ。味見して……」

「うん」

「アーン」

「あー」

　言われて口を開ける。

　何、されるがままになっているんだ。でも理人の事が気になって、気が回らない。

「……ぅ？　ゴホッ！　っ、か、辛っ!!」

　あまりの辛さに咳が出る。

　甘口のはずが……

「ハバネロ入りだよ。美味しい？」

「旨いわけあるか！　ごほ、ごほっ！　俺は甘党だっての!!」

「レキがシュンとしてるから、元気付けようと思って」

「なるか！　か、らすぎる……！　この野郎。お前の皿にハバネロ、瓶ごとぶち込むぞ!!」

「酷いな。これ、前回、レキが置いていった忘れ物だけど？　俺に一服盛ろうとしてたのはバレてる」

　あー。そうだった。ビックリさせてやろうと思って……

　色々あって忘れていた。

「み、水！」

「イチゴミルクがあるよ」

「寄越せ！」

　零士の手からペットボトルを奪い、甘いイチゴミルクを一気飲みする。

「不意打ちしたからには、もう一戦。勝負しよう」

　スプーンを二本渡される。

「どっちかハバネロ垂らして。俺が辛い方を食べたら、レキの言う事一つ聞く。……もし、お前が負けたら、今夜は上に乗って」

　上って騎乗位……？

「は、はぁ!?　この変態!!」

「勝負する？」

「阿呆！　そんなの、するわけ──」

　あ──でもチャンスか？

『言う事一つ』

　勝負に勝ったら、彼氏の振りしてもらうのは……？

　零士は普通に頼んでも、引き受けてくれそうだけれど。理由があった方が頼みやすい。

「……やる」

「そうこなくっちゃ」

　零士からスプーンを受け取った。

　いっその事、両方とも──いやいや。それは流石に卑怯だ。

　後ろを向いて右にハバネロを垂らす。

　右！　右を食べろ!!

　零士はじっと見てから、左のスプーンに近付いた。

　あぁ、駄目か……

　せっかく頼めそうだったのに。

「……辛」

　零士は咳き込んでいる。

　左だと思っていたら、右のスプーンのカレーがなくなっていた。

　右を食べた……！

「残念な辛さだな。カレーの味が全然しない。ただ痛いだけ。ゴホ

ッ。喉がビリビリする」

「俺の勝ち!!」

　思わず叫んでしまった。

「願い事は俺のできる範囲の事にしてね」

　こんな事を頼んでいいんだろうか……

　でも賭けに勝ったから。

「零士。頼みがある！」

「……うん。改まって何？」

「彼氏の振りをして欲しい」

「彼氏……？」

「ちょっと嫌な奴に付き纏われていて」

「もしかしてホテルで会った奴の仲間？」

　心配そうに覗き込まれて、首を振った。

　とりあえず話してみよう。

「……その、昔の知り合いっていうか、友達だった奴で。偶然バイ
ト先がバレて、毎日来て困ってるんだ。そいつ、αなんだよ。スタ
ッフも彼氏と勘違いして面倒くさい事になってて。皆には過去を知
られたくないから……」

　下手くそな説明だったと思う。

　けれど必死に事情を伝える。

「相手の名前は？」

　いつもより真顔。なんで、そんなに怖い顔をしているんだ……？

　名前なんかより、返事が欲しい。

「名前は？」

「……理人」

　再度聞かれ、仕方なく答える。

「友達だったの？」

「……昔の話だよ」

「分かった。彼氏の振りをすればいいんだな。早い方がいいだろ。明日のバイトの時間は？」

　引き受けてくれるとの答えに、胸を撫で下ろす。

「12時から8時。零士が大丈夫なら8時以降に店に来て欲しい。忙しいなら違う日でも……」

「いや、平気。場所はどの辺？」

「駅の北口にある『Délicieuse pâtisserie』って店。区役所の裏」

「ＯＫ。検索しておくよ。どんな彼氏がいいの？　金持ち？　インテリ？　カリスマモデル？　チンピラ？　ヤクザ？」

「バイト先だし、表面はできるだけ普通のタイプがいい」

「表面？」

「そいつには『ヤンデレで恐ろしい彼氏がいる』って言ったんだ。でも信じてなくて『彼氏』の存在自体、疑われてる」

「店の人の前では一般人ぽく、その元友達の前だけならヤンデレ風に振る舞っていいって事？」

「……ぅ……まぁ……面倒事に巻き込んでごめん」

　申し訳ない気持ちで謝る。

「なんで？　頼られて嬉しいよ。飼い猫が困ってたら、飼い主が助けるのは当たり前だろ」

「だから猫じゃねぇって。誰が誰に飼われてるって!?　つーか、飼い主って！」

　猫呼ばわりに怒っていると、零士は少し寂しそうな顔をした。

「お前が元気ないから心配したんだよ。賭けなんてしないで、普通に頼めばいいのに」

　真面目なトーンに、下を向く。

　だって理人が怖いなんて口に出せない……

　何かを察知したのか、零士はポンポンと俺の肩を軽く叩いた。

「どんなタイプにしようか。危ないヤンデレも面白そうだけど。殺人鬼っぽくしたら、一瞬でビビらせる自信がある」

　場を和ませるつもりか、冗談っぽく言われた。

「……店では普通でいたいんだ」

　もう一度、釘を刺しておく。

「分かった。無難にサラリーマンでどう？」

　零士の言葉に頷く。

「程よく仲良さそうな感じにして欲しい。あいつに――理人に隙を見せたくないし」

　この際、理人を撃退してくれるなら、なんでもいい。

「……任せときな。きっちり追い払ってやる。上手くいったら、うちに来る頻度上げてくれる？」

　どさくさに紛れて……

　でも心底、安堵した。

「ほら。カレー食べよう。ハバネロ入ってない甘いカレー」

　零士が優しく言ってくる。

「……そうだな」

「食べ終わったら約束のエアーチーズケーキも」

「うん」

　テーブルにポテトサラダと唐揚げを準備し、椅子に座る。

「手作りカレーってなんでこんなに美味しいんだろう……何杯でも食べられそう。お代わりしていい？」

　零士は本当に旨そうに、カレーを平らげた。

「俺も……」

　そうだ。あいつのせいで、気になって昼も碌に食べてなかった。

「唐揚げもカリカリで美味しいね。生姜とニンニクが効いてて店で売ってる味みたい。ポテトサラダも絶妙……料理上手なんだな」

そう言われ、唐揚げを口にすると、サクッと良い音がした。

　困っている時に助けてくれる人がいる。それは当たり前のようでいて、俺には難しかった事。
　……零士と一緒なら、きっと大丈夫。
　その根拠のない自信はどこから来るのか。分からないけれど、その話をした後は妙に落ち着き、不安な気持ちは驚く程、無くなっていった。

彼氏

　案の定、仕事に行ったら入口にまた理人がいる。
「仕事中は迷惑になるからやめてくれ。彼氏見たいなら、夜8時に
ここに来る」
「え……」
　驚いた顔の理人を置いて、店に入った。

* 　　 * 　　 *

【PM 7:30】
　時計を確認して、息を吸い込む。
　仕事が終わる三十分前。理人がついに店内に入ってきた。
「イケメンのご来店！」
「ヤバい。背も高くて素敵……」
　ぼそぼそスタッフが話している。
「レキ。邪魔しないから、店内で待ってていい？」
　本当に見に来たのか……
　客として店に入って来た以上、追い出すわけにはいかない。
「……テラス席でも宜しいでしょうか」
　できれば穏便にやり過ごしたい。
「なんか他人行儀だな」
「仕事中なので」
　予め、零士に言われていた。もし理人が早く来て店内に入るよう
な事があれば、道路側かテラス席へ案内するようにと。
　理人の視線を感じ、足が震えた。
　──落ち着け。怖がっている事、あいつには知られたくない。

異様な緊張。息苦しさを感じる中、時計を見る。まだ五分も経っていない。ひたすら深呼吸をした。

「フェラール!!」
　約束の時間の十分前。大声を出したのは常連客だった。
　店の駐車場に白い車が入ってくる。
「どんな人が乗ってるんだろう……」
　店内中の客もスタッフも釘付けになっている。
　……まさか。
　静まり返る店内。車のドアに視線が集まった。
　黒の革靴が見え、人が中から出てくる。
　──れ……零士だ。
　ダークブラウンの目と髪。黒の上質なスーツを纏い、洗練された雰囲気。髪をかき上げると、高級そうな腕時計が光った。
　その姿は王子系の御曹司タイプ。スラッとした長い足。スーツの似合う引き締まった体型。色気のある流し目。
　その佇（たたず）まいに皆、うっとりしている。

「何あの人……!!　芸能人ぽくない？」
　ぽいじゃなくて、本物の芸能人だよ！
　今日は眼鏡をしていない。おいおい。大丈夫か……？
　目立ち過ぎだ。一般人っぽくって言ったのに……
　髪色は普通だけれど、信じられない程の存在感。ダサいサラリーマンとかで来ると思っていたから驚いた。もしかしたら俺のバイト先だし、恥ずかしくないように格好良くしてきてくれたのか。

　一瞬で店内どころか、周辺の通行人の視線も独り占め。零士はゆ

っくりとこっちを向いた。
「レキ」
　キラキラの笑顔で零士が微笑む。今まで見たキャラと違う。素人でも分かる神々しさに押されてしまう。
　次は、名前を知っている全員の視線が俺に刺さった。
　——し、視線が痛い。
「まだかかるなら、コーヒーでも貰おうかな」
　これだけ注目を集めても、零士は顔色すら変えない。
　俺一人、ダラダラと冷や汗が流れた。
「レ、レキくん！　上がっていいよ!!」
　なぜかテンパる店長。
「そんなに混んでないし」
　続けてそう言ってくれた。

「レキくんの知り合い？」
「友達にしては年上よね……」
「……まさか!!」
　パートさんを始め、スタッフ、常連客達がザワザワしている。
「そ……その人は」
　店長の言葉に皆、息を呑む。
「俺の彼氏です」
　小さい声で答えた。
「きゃ——っ!!」
　店内は大騒ぎ。
「レキがいつもお世話になってます」
　零士は綺麗にお辞儀をした。落ち着きのある物腰。周りを引き込む声。輝く笑顔。
　なんだ。この無駄な眩しさは……

「よろしければ掛けてお待ちください。レキくん、これから着替えなんで。お好きなお席へどうぞ」

　店長が勧めると、零士はテラスの方を見た。

「テラス席になさいますか？」

「はい。お言葉に甘えて……注文いいですか？」

「どうぞ」

「エスプレッソをお願いします」

　いつも甘いのが好きで、ミルクも砂糖もたっぷり入れるくせに。苦いエスプレッソだなんて。

　できる大人の男を演出しているつもりか？

「……着替えてくる」

「エプロン可愛いね。レキ」

　さり気なく手を握られる。

　それを見て、またもや女性客が大騒ぎ。

　……そういうの、いらないから。

「ごめん。一件、電話してくる」

　零士はビジネスバッグからスマホを取り出した。

「この席は通話ＯＫだよ」

「そうなんだ」

　テラス席の半分は、通話可能である。それを伝えると、零士はチラリと理人の方を向いた。

　理人は唖然とした顔で零士を見ている。

　そりゃ、そうだ。あんなド派手な登場。誰が想像したか。

　零士は理人に気付いているのかもしれない

　俺と同世代で男一人は店内であいつだけ。席を指定したのも、確認する為だろう。

「周りも静かだし、駐車場で電話してくるよ」

零士は席を立ちながら、スマホをスライドした。

「This is Reizi. Hi,Richard. How are you?　I'm great. Thank you. What can I do for you today?」

流暢な英語にギョッとする。

早っ！　全然聞き取れないし、外人みたいだ。英語得意だけれど、最初の挨拶、決まり文句以外は単語と部分的にしか分からなかった。

そそくさと控室に行く。

「ちょっと、レキくん！　何、あの信じられない程の美形は。なんで英語ペラペラ……格好良過ぎるんだけど」

控室ですぐに囲まれた。

まずはパートの小林さんに問い詰められる。

「付き合ってどれ位!?」

佐藤さんもノリノリ。

「やっぱり彼氏いたんですね！」

「社会人ですよね!?　何歳ですか!?」

おまけに女子高生バイトのまりちゃんにみくちゃんも参戦。

「出会いは？」

「職業は？　何してる人？」

主婦も女子高生もこういう時、強過ぎる。

勢いに押されそうになりながら、作り笑いを返す。

「か、勘弁してください。待たせてるので……」

急いで着替えを済ませ、店内に戻った。

伏し目がちで憂い顔。エスプレッソを飲む零士は恐ろしく格好良くて、ドラマのワンシーンを見ている様。コーヒー飲んでいるだけ

で醸し出すオーラ。客もスタッフも気後れして、話す事もできないみたいだ。

「……お待たせ」
「お疲れ様」
　声をかけると零士は俺を見上げた。
　いつもと違う茶色の瞳……
　まだエスプレッソ残っている。
　カップを見て向かいに座ろうとしたら、手を引っ張られて、隣に座らされた。
　彼氏の振りは頼んだが、隣に座る必要はない気がする。
「急いで着替えてきてくれた？　髪が跳ねてるよ」
「……」
　零士は俺の頭をそっと撫でた。

「やだー。ラブラブ！」
「ハイスペック溺愛系!?」
　今度は常連客が騒いでいる。
　違うから。演技！　そういうの、いらん。
「珍しい！　レキくん、照れてる！　いつもクールなのに彼氏の前じゃ可愛いんだ〜」
　佐藤さんのいらないツッコミも痛い。
　誰が可愛いって!?　照れてねぇし。零士が恥ずかしい事ばっかりするから……
　──これじゃあ、ただの晒し者だ。

　ひそひそ話す常連客。スタッフの目も生温か過ぎる。これは……俺の方もダメージがデカいかも。

「フェラール、やり過ぎた？　相手がαなら多少、格上の方がプライドを揺さぶられるかと……」

　そっと耳打ちして、零士が笑う。

　距離が近いんだよ。お前は！

「やだー！　内緒話してる！」

「仲良しさん……！」

　まりちゃんとみくちゃんは声を落としてくれ。君達も仕事中だろ。

「零士、もう出よう」

　これ以上は耐えられない。飲み終わるのを待っていたら、俺の精神が崩壊する。

　零士は見透かすようにそっと笑った。

「今夜はドライブしてから帰ろうか？」

「……うん」

　そんなに優しい目で見られると、調子が狂う。

「素敵。羨ましい……」

「理想の彼氏ね」

　店中、うっとりしている。

　どうでもいいから早く店を出たい。

　零士はエスプレッソを一気に飲み干し、伝票を取ってから俺の肩を抱いた。

　肩抱くの、いらなくね？　やめろよ。恥ずかしい男め！

　でも手を払ったりしたら、疑われるし。

　……顔が熱い。

「なんかドラマ見てるみたい」

　生温かい空気をビシバシ感じつつ、常連客の席を通り過ぎる。

ドラマ……そう。ドラマっぽいんだ！
　皆、なんか心酔しているし。ここまでする必要はなかっただろ。
「ご馳走様でした。すみません。持ち帰りでケーキをお願いします。
レキ、何食べる？」
「なんでもいい」
　一秒でも早くして欲しくて、短く告げる。
「じゃあ……イチゴのショートケーキとニューヨークチーズケーキ、
フルーツタルト、ガトーショコラを下さい」
　零士が注文すると、店長が箱詰めをしてくれた。
　俺の好きなケーキ……

「レキくんの好きなものばっかり！」
「流石、彼氏！」
「あんな優しい人、どこで捕まえたんだろう」
　バイト達も楽しそうに盛り上がっている。
　……うるせぇな。逆ナンだよ。
　明日、物凄く食いつかれそうだ。
　項垂れながら、店のドアを開けた。

　外に出た瞬間、一気に店内が騒がしくなる。
　色々言われているんだろうな……
　ドッと疲れた。
「どう？　上手くいった？」
　悪戯っ子のように、楽しげな笑顔を見せられる。
「……やり過ぎ」
　でも零士に頼んで良かった。これなら――
　車に向かう途中、足音が近付いてきて、背筋が冷たくなる。
「レキ」

──理人が付いてきている！　嘘だろ。なんで。
「待って」
　腕を掴まれそうになって、慌てて零士の後ろに隠れた。
　……俺に触るな。一体、なんだって言うんだ。

「レキ。車で待ってる？」
　心配そうに零士が声をかけてきた。その言葉に黙って頷く。
　この場にいたくない……
　零士からリモコンキーを受け取り、二人に背を向ける。
「待ってくれ。レキ！　少しでいいから話を──」
　何も話したくないし、聞きたくない。
　答えず一人、車に乗り込んだ。

頼み事…side零士

キッチンの棚を開けると、意外な物を見つけた。小さな小瓶。毒々しい程の赤。

ラベルには【MARIE SHOPS BEWARE Comatose Hot Sauce】と書いてある。

BEWAREの意味は注意、警戒、用心。レキの奴、媚薬の次はハバネロかよ。

すぐに入れるつもりだったのか、蓋のフィルムが開いている。前回、入れそびれたのかもしれない。

何事もなかったかのように、棚に戻す。

……いいよ。受けて立つ。

夕方、レキが来た。

挙動不審で面白い姿を見られると思っていたのに、予想に反しレキは浮かない顔をしていた。前に媚薬を盛った時のウキウキそわそわも無い。

どうしたんだ？　トラブル？　誰かと喧嘩……？

落ち込んでいる横顔を見つめる。

昨夜、元気がないように感じたのは勘違いじゃなかったのか。

レキはぼんやりしていたけれど、玉ねぎをザクザク切っていった。
「凄いな。早くてビックリしたよ。いつも家で料理してるの？」

聞いてみても返事が無い。何かを考えながら難しい顔をしている。

玉ねぎを切り終えると、パックを手渡された。
「肉と一緒に炒めてくれる？」

炒め始めると、すぐに香ばしい匂いがしてくる。

「……はぁ」

　今度は小さく溜息を一つ。無言でジャガイモを切り始めた。

　こんなに落ち込んでいるのは、初めて見る。

「焦げそうだけど、次は？」

「……うん」

「次はどうすればいい？」

「え？　次？　あ……少し弱火にして……これを」

　今度は人参とじゃがいもも鍋に入れた。

　俺と話していても、どこか上の空。

　何があったんだよ……

　レキは答えないかもしれないけれど。

「どうしたの？　何かあった？」

　思い切って聞いてみた。

「……」

「レキ？」

「……」

「レキ」

「あ……あぁ、ごめん。次は水を入れる」

　レキが本当におかしい。答えたくないというよりは、耳に入っていない様子だ。

　引き出しから計量カップを出そうとしたら、レキは鍋にそのまま水を入れている。

「計らなくていいの？」

「野菜が水に浸かる位で大丈夫」

「ふーん。意外とアバウトなんだ。慣れると目分量でいけるのか」

　感心していたら、レキはまた黙ってしまった。

　煮込んでいる間に、サラダと唐揚げの下味準備。やたら黙々と作

業するレキを見て、心配になる。

　なんだか寂しいな……

　レキが一人で頑張るタイプなのは知っているけれど。

　そうこうしているうちに、カレーが出来上がった。

　ふとハバネロの事を思い出す。すぐ横で、棚を開けスプーンに垂らしても、レキは全然気が付かない。予め、飲み物も手元に準備。

　辛いカレーを食べさせると、レキは文句を言ってきた。

　その流れでハバネロ垂らして食べる賭けを提案した。負けたら、レキの言う事一つ聞く条件で。

　もしお前が勝ったら、俺に何を望む？

　変な事をして笑いを取る？　酷い事をしてスッキリする？

　……なんでもいい。負けてあげるから、いつもみたいに笑ってよ。

　後ろを向いてハバネロを垂らすレキ。

　左手のスプーンに近付くと、明らかに残念そうな顔を見せた。

　こっちはハズレか。賭け事、向いていないな。

　笑いを堪えて、右手の方を食べた。

「辛……」

　酷い辛さだ。負ける為とはいえ、喉が痛過ぎる。

「俺の勝ち!!」

　家に来て、やっとレキが笑った。

「……願い事は俺のできる範囲の事にしてね」

　ほっとして伝える。

　何をやらされるのやら……

「彼氏の振りをして欲しい」

レキの口から飛び出したのは、予想外の単語だった。想像を180度超えた意外過ぎる台詞に驚きを隠せない。

　レキは嫌な奴に付きまとわれて困っていると続けた。

　ホテルの奴は暗示にかかったまま……

　だとすると……

「……その、昔の知り合いっていうか」

　レキは言いにくそうにポツリポツリと話し始めた。バイト先に元友人が毎日来て、困っているとの事。

　恐る恐る名前を聞いてみれば、まさかの理人だった。レキの初めてを奪った男……

　家やバイト先にいないわけだ。レキに会いに行っていたのか。しかも連日。

　でも、まさか、こんな事を頼んでくるなんて……

　今は友達じゃない。そう言うレキの表情は暗かった。

　彼氏の振りを承諾、夜の8時にバイト先で会う約束をする。

　強がりなレキが俺を頼ってくれた。不謹慎かもしれないけれど、嬉しくて口元が緩む。

　話してくれて良かった。レキの周りをうろついた事を後悔させてやる。

決意

「今日はわざわざ自宅まで悪いな」
　ドアを開け、迎え入れる。
「いえ。零士さんの自宅、興味あったし……セレブのタワマン、ヤバいです！　マンション内に住民専用のプールがあるとか、ジムがあるとか……」
　和葉は靴を脱いだ。
「お邪魔しまーす。事務所とスタジオの近くとは聞いてましたが、本当に近いですね」
「わぁ！　すでに玄関も廊下も素敵。お洒落過ぎます。モデルルームみたいですね。扉もいっぱい！」
　双子達も上がり、付いてくる。
　マンションに和葉、優実、優花を呼び出した。

「自宅って事はプライベートですよね？」
　双子はインテリアが気になるようで、キョロキョロしている。
「そうですよ。一体どうしたんですか？　プロのヘアメイクとして、『本気の仕事を頼みたい』だなんて……！　一応、言われた通り、黒、茶系のコンタクト、暗めの色のウィッグをいくつかと、ピアスホールを消す為のセットを持ってきましたけど」
　いそいそと箱を開けながら、和葉が言う。
「……ちょっと待っててくれ。今、着替えてくる」
　席を外し、クローゼットルームへ。
　持っている中で一番高いスーツを着込む。

「お待たせ。これに合うネクタイと小物を選んで欲しいんだ。シャ

ツも合うやつに変えてくれる？　パッと見は一般人。成金みたいな派手な感じじゃなくて、普通の人にはよく分からないけど、上層の人間が見たら価値が分かる、ささやかな感じにして欲しい」

「……なんだか難しいオーダーですね」

「上質なスーツ！　どこのブランドですか？　……ん？　んん!?」

　双子が顔を合わせる。

「お題は『ちょっと洒落た一般人』」

　そう言うと、三人は目を丸くした。

「このスーツ、カシミヤですか？」

　優実がまじまじと生地を見つめる。

「本当は新調したかったんだけど時間がなくて……」

「ちょ……ロゴ、見せてください。Kire……これ、キーレン!?」

　優花が大声を上げた。

「一般人はそんな高級ブランド着ませんよ」

　和葉は呆れたように、わざとらしく溜息をついた。

「しかも特注したやつですか？　こんなフォルム、見た事ない……カシミヤのせいで、なんだか輝いてますけど!?」

　興奮気味な優花。

「時計はもしかして……もしかしなくても……ロラックスのコスモグラスデイルナですよね。しかも桁が違うやつ!!　今日は一体どうしたんですか!?　パーティーも授賞式とかも無かったですよね？　お洒落なんか、どうでもいい主義の零士さんに一体、何があったんですか!?」

　優実は心底驚いている。

　……酷い言われ様だ。どうでもいい主義ではなく、興味が無いだけなのに。

「無理ですよ。双子程詳しくない俺でも分かります。一体なんです

か、その超高級スーツと腕時計は！　そんなんで普通になれるわけ無いでしょ」
　和葉が戒めるように言ってきた。
「そこはヘアメイクの腕の見せ所」
「俺をなんだと思ってんですか！」
「天才」
「も、もー！　零士さんってば。そんなに褒めても何も出ませんよ。全く……すぐハードル上げるんだからっ！」
　と言いつつ嬉しそうな和葉に、笑ってしまう。
「時計やり過ぎなら、エクスプロールもある」
　念の為、時計はいくつか準備しておいた。
「エクスプロールも高価ですよ。シャツも小物もセレブ御用達の有名高級ブランド！　このブランドのシャツだけで安くても一枚7〜8万しますよね。総額いくら……？　うーん。一般人は難しいと思います！」
　今度は優花にダメ出しされ、わざと困った表情を作る。
「そこをなんとか……」
「なんとかなるレベルじゃないんです！」
　速攻で和葉に突っ込まれた。
「スーツのランクを落としたら、どうです？　スーツ、見てもいいですか？」
　優実はスタイリスト魂に火が点いている。
「どうぞ。スーツはこっち」

「ヒッキーフリーマー、チフォネル、エルメルジルドゼニア、サルトリア・デルクォーレ、ブリオーラ、キーレン……全部、既製品じゃないですよね……オーダーメイド？」
「うん」

「ダメダメ！」

　三人がハモって言う。

「どうしても一般人にして欲しい。……この前デートした子の、初めての男に会うんだ。バイト先に毎日来られて、困ってるんだって。追い払うように頼まれた。その子の職場だから目立ち過ぎないように……でも相手はかなり金持ちらしいから、せめて格好は最高ランクにしたい」

　α相手にダサい姿なんて見せられない。隙なんてやるもんか。

　バイト先じゃなかったら、運転手付きのリムゼン用意してやりたいところだ。

「元彼と対決!?」

「やだ！　何その、楽しそうな展開は！」

　双子はキャッキャッ言っている。

「それなら、そのスーツと時計でもいいかも？　私達は仕事柄、詳しいけど。普通の人には高級そうだな位で、見ただけじゃ分からないと思います。ロゴを見せびらかすわけじゃないし……その元彼にだけ、格上だと分からせればいいんですよね？」

　優花の言葉に頷く。

「黒髪とかダーク系の髪色にするなら……シャツは何色にする……？　爽やか？　あえて白？　迷う!!　上質な感じを狙うなら暗め？　でも、明るい色も素敵！」

「タイは何色にしよう!?　ポケットチーフとかカフスは落ち着いた感じのにすれば……これ、いいかも……いや。やっぱりこっち？」

　双子は楽しそうにシャツやタイ、小物を物色し始めた。

　和葉にピアスホールを塞いでもらい、目立たなくするメイクを施してもらう。

　ウィッグは清潔感のある長さで、落ち着いた感じのダークブラウン。髪色に合わせて、コンタクトも焦げ茶にした。

しばらく優実と優花の着せ替え人形になりつつ、スタイリング完了。姿見の前に連れていかれた。

「ヤバいです！　零士さん、素敵！」
「自分で選んだのに惚れ惚れしちゃう……」
　双子は満足げ。
「結局、地味なのは目と髪の色だけで、オーラは全くもって隠せてませんね」
　和葉は独り言のように呟いた。
「今日はありがとう。皆で食べに行ってくれ」
　用意しておいた優待券を差し出した。
「……じょ、叙守苑!!」
「貰えないですよ！」
　双子は逃げるように一歩下がった。
「これは出張手当。今日の分はちゃんと上乗せしておくから」
　受け取ろうとしない二人は諦めて、和葉に無理矢理渡す。
「そんな！　今日はお礼のつもりで来たんです。この前の分、貰い過ぎたから！」
「そうですよ。お遊びでスタイリングしただけだったのに、あの日の明細見てビックリしました！」
　慌てて双子が言ってきた。
「俺は優実と優花に言われるまで気付いてなくて……それ以外にも十分でヤクザ風にしただけだったのに、高額振り込まれていて驚きました……振り込まれ詐欺ですよ！」
　振り込まれ詐欺？
「はは。なんだ、それ……プロのスタイリストとヘアメイクに頼んだんだから当然」
　うちのスタイリストチームは人が良過ぎるんだよな。困っている

人を見ると、すぐに無償で働いちゃうし。

「皆で話してたんですよ。前回、頂き過ぎたので、今回はサービスって事で大丈夫です！」

　優花の言葉に二人も頷く。

　そんな訳にはいかないだろ……

「俺、皆を頼りにしてるんだ。完全にプライベートだし、受け取ってくれないと、今後頼みにくくなる。だから焼き肉食べて、また格好良くして。ギブアンドテイク。次もよろしく」

「そんな……」

「本当に貰えないです。楽しかっただけだし」

　和葉が返そうとしてきた。

「優待券、余ってるし気にするな。そろそろ時間だから、俺、行かないと」

「もう！　すぐ誤魔化す！　……申し訳ないけど、焼肉……」

　和葉は優待券をじっと見た。

「和葉。お肉に負けないで！」

「やっぱり頂けません……」

　双子が一生懸命話す。

　仕方ない。奥の手を使うか。

「受け取らないと仕事干すよ」

　真顔を見せる。

「な、なっ！　なんて脅しですか！」

　焦る和葉に笑う。

「貰ってよ。ささやかなお礼だから」

「毎回、金額がささやかじゃないんです！」

　また双子がハモった。

　真面目だなぁ。

「……受け取ってくれないと困る。ごめん。遅れるわけにいかないんだ。もう行かないと。頼むから貰って」
　そこまで言ってようやく三人は諦めて折れてくれた。
「いつも頂いてばかりですみません……」
「ご馳走様です」
「せめてスタイリスト代は無しで大丈夫ですからね!!」
「……」
「零士さん、お返事は？」
「……今日はありがとう。また、よろしくね」
　にっこり笑顔を作る。困り気味な三人を見送った。

対面

　俳優をやっていて良かったと思う。迷わずフェラールの鍵を握る。
　……照れ？　そんなものはない。
　レキが俺を頼ってくれたんだから。

『目的地に到着しました』
　ナビが終了を伝えた。
　ここか……
【Délicieuse pâtisserie】
　看板を確認してから、エンジンを切る。

　──さぁ、スイッチを切り替えろ。
　俺は誰もが羨む極上の彼氏。物腰は柔らか。身に纏う物は最上級。
それをひけらかす事なく自然に振る舞い、一流の男を演じる。
　車の中からじゃ、理人がいるかどうか、確認できないな。
　ゆっくりと車のドアを開く。見渡すと、テラス席にレキと同世代
の男がいた。
　……間違いない。あいつが理人だ。

「レキ」
　とりあえず笑顔で挨拶。
　エプロン姿、可愛いな。似合っている……
　店内は緑が多く、落ち着いた雰囲気の内装。レキと話していると
店長らしき人が来た。
「そ……その人は」
　店長の言葉に辺りが静まり返る。

レキは困ったように下を向き、服の裾をグッと握っている。
　……何、その可愛い仕草。
「俺の彼氏です」
　小さい声でレキが言ってくれた。
「きゃ――っ‼」
　一気に騒がしくなる店内。
『彼氏』
　振りでも言われると結構、嬉しい。
　さっと手で口元を隠す。
　……危ない危ない。笑っちゃうところだった。表情を崩すな。プロ失格だぞ。

　理人の近くに座り、エスプレッソを頼んだ。
　この席なら、理人からも良く見える。
　その時、スマホのバイブ音と振動に気付く。
　こんな時に……
　電源を切っておけば良かった。
　スマホを取り出す。
「ごめん。一件、電話してくる」
　チラリと理人を見る。
　唖然とした顔。ショックの色が隠せていない。
　……やっぱりな。そんな気はしていた。
　画面を確認すると、演出家からの電話だった。あまり長く話していると、英語が得意な人には会話で芸能人ってバレるかもしれない。駐車場の離れた所に移動してから、本題に移った。

「お待たせ」
　レキが私服に着替え戻ってきた。

「お疲れ様」

　向かいに座ろうとするレキの手を引っ張り隣に座らせた。照れた顔が可愛くて思わず顔が緩む。

　攻撃的な視線。俺に向けられる敵意が刺さる。

　スタッフに二人、客の高校生グループ、サラリーマン、ホストみたいな奴、弁護士バッチを付けた男……全員、突然現れた『彼氏』に納得がいかない様子。

　……この店、α多過ぎ。

　顔には出さず優雅な振りをして、エスプレッソを口にした。

「フェラール、やり過ぎた？」

　なんとなく面白くなくて、レキに近付き、そっと耳打ち。

　見ていた奴は明らかにガッカリしていた。

「零士、もう出よう」

　恥ずかしさに耐えられなくなったのか、レキが言う。

　その前に悪者退治。

　伝票を取り、レキの肩を抱いた。

「レキ。耳赤いよ」

「……赤くない」

「こっち、向いて」

「向かない」

　誰にも聞こえないように内緒話。外でからかうのは駄目。レキの照れている顔、他の奴に見られたくないのに、可愛くてついつい、ちょっかいを出してしまう。

　レキの好きなケーキを買って、店を出た。

　チラッと理人を見てから目配せする。

　……付いて来いよ。言いたい事があるんだろ。

「どう？　上手くいった？」

「やり過ぎ」

　話していると理人が追って来た。

「レキ。待って」

　ビクッとレキの肩が揺れる。

　腕を掴まれそうになったのが嫌だったのか、レキは慌てて俺の後ろに隠れた。

　……こんなの、初めて。

　何これ。キュンとしている場合じゃないんだけれど。

　震えている……？

　気付くと、レキは真っ青な顔をしていた。

「車で待ってる？」

　レキは何も言わず頷いた。

　トラウマは思ったより深い。

「待ってくれ。レキ！　少しでいいから話を──」

　レキは逃げるように車のドアを開けた。

「あまり騒ぐなよ。ここはレキのバイト先なんだ。目立つと店にも迷惑が掛かる」

　冷静に窘める。

「あなたは何をしてる人なんですか？」

　理人が、俺を見上げ口を開いた。

「それ、答える必要ある？」

「身に付けてる物は一流品。どう見ても一般人には見えない」

　予想通り、目が肥えている。

「大学生のレキの彼氏にしては──」

「だから何？　君には関係ないよね」

　話の途中で遮った。

「あなたみたいな人には、もっと他に……」

「レキは俺にはもったいない位、いい子だよ」
　俺がそう言うと、理人はぐっと言葉を飲み込んだ。
　他の男のものになったなんて、信じたくないような言い方だな。
「少しだけ話をさせて下さい！」
　ガバッと理人が頭を下げた。その行動には少し驚いた。
「レキが嫌がってるんだから、俺にはどうしようもない」
「どうしても話したいんです。お願いします！」
　必死にそう言葉を続ける。

　対面から逃げたレキ。明らかな拒絶。怯えて不安そうな表情。震えて青くなっていた様子を思い出す。
　理人を怖がっていた。無理もない。
「レキが逃げた意味を考えて」
「あなたから説得してもらえませんか？」
「……なんの為に？」
「俺、あいつに謝りたい事があって……」
　言いにくそうに理人が口籠る。
「君の話、聞いたよ。フェロモンをきっかけに仲違いした事も」
「レキ。話したんですね……」
　俺が来た時点で多少は予測していたのだろう。
　そう驚く事なく理人が言う。
「友人なら知ってるだろ。レキは物怖じしない性格だし、明るくて誰とでも話せる。友人が会いに来て逃げたりしない」
「それは……」
　あんなレキ、初めて見た。
　……顔も見ないなんて。
「本当に分からないのか？　君を怖がってるんだよ」
「俺を『怖い』とレキが言ったんですか？」

絶望の色を浮かべ、縋(すが)るように聞かれる。

「レキの震える手に気が付かなかった？」

「で、でも……」

　分かっているけれど認めたくない。そんな感じだ。

「『αが嫌い』『人との距離を無意識に取る』『不用意な接触が苦手』。考えれば分かるだろ？　君は一連の発端……レキは異常なまでにαを憎んでる。酷いトラウマだ」

「……あなたもαですよね」

「最初、俺の事をβだと思ってたから。αだと知った後は露骨な敵意を感じた」

　レキの心を溶かすのにはきっと時間がかかる。

「俺、本当は……レキの事が好きだったんです」

　呟かれた理人の言葉。

　……好きだったなら尚更、どうして。

「初めての事で動揺して……」

「今更……」

「あの時の俺は最低だった。一言でいいから謝りたいんです」

　レキが会いたくないと言っている以上、話し合いは無理に決まっている。

「謝る機会はいくらでもあっただろ。同じ学校なんだ。知ってるよな？　その後、レキがどうなったか」

「分かってます……」

　理人は口を結び、手を握りしめた。

「理解なんてできるもんか。αはフェロモンに当てられると、乱暴になる奴も多い。抵抗すると殴られ、独占欲で酷く当たる奴もいた。レキを乱暴した男の数……君はちゃんと知ってるのか？　俺はあま

りの人数に正直、愕然とした」
　……辛かっただろう。苦しかったに違いない。
「反省なんて言葉は無意味だ」
　怒りを抑えできるだけ冷静に話す。
「とても顔向けができなかったし、会いに行けなかったんです。レキに『お前のせいだ』と言われるのが……怖くて……」
　言い訳染みた台詞にカッとなる。
「『怖い』？　君が言うなよ。レキはもっと怖い思いをしてた」
　俺の言葉に理人は目を伏せる。
「……未だに夢に見るんです。自分の吐いた酷い言葉。その時のショックを受けたレキの顔。何年経っても頭から離れる事は無い。時々、傷や痣を作ってふらふらしてるレキを見かけました。頻繁にαに呼び出され連れて行かれる姿も……」
　懺悔のような言葉は、ただ気持ちを暗くするだけだった。
「レキ、よく笑う奴だったんです。友達もいっぱいいて、いつも人に囲まれてて……。でも、その事があってから、レキは一度も笑わなくなった……」
　消え入るような理人の声。
　当時のレキを思うだけで、胸が痛くなる。

　笑えなくなった。
　……あんな風に笑うレキが。

「あなたが俺を責めるのは分かります。偶然、会えたのは、俺にとって願ってもみない再会だった。バイト先から出てくるレキが店員と何かを話して笑っていて……本当にほっとしたんです」
　必死に訴えかけられて、溜息をつく。
「でも腕を掴んだら、レキは怯えた表情になった。笑ってたからと

いって、過去が消せるわけじゃない。罵倒されても、殴られても……ちゃんと謝罪をしようと思ったんです。酷い言葉を取り消して、心から謝りたい。……許してもらえなくても『レキが悪かったわけじゃない』。そう一言だけでも伝えたいんです」

　理人は思った以上にまともな奴だった。

　けれど……

　笑顔と居場所を奪い、助けようともしなかった罪は重い。

　──少しずつ明らかになるレキの過去はあまりに重く、目を背けたくなる。

　レキの為にできる事は何か。考えても答えが出ない気がした。

　もし味方が一人でもいたら……

　もし支えてくれる人がいたら……

　悔やまれてならない。

　どこかで親友である理人が最低な奴だったらいいと思っていた。それなら、罵倒して懲らしめ痛い目に遭わせてやれる。

　多分、二人は本当に仲の良い友人だったんだ……

　親友だからこそ、レキは裏切られて傷ついた。

　車の中に逃げてしまったレキを思い、悲しくなる。

　いつも言いたい事はなんでも言うレキが『逃げる』を選択した事が全てを物語っているようで、ただ切なかった。

「発情期のせいで関係を持ったとしても、自分の弱さを認め心から謝り、他のαから守る努力をしていれば、今でも友人だったかもしれない……」

　あえて『していれば』という言葉を使う。

　助けずに見捨てた。それは救い難い現実だ。

「レキは騒がれたり冷やかされるのが苦手。店に行きたいって言っ

たら最初は断られたんだ。それなのに、迎えに来て欲しいと急に頼まれた。……レキは君が怖いんだよ」

「俺は……」

「君は謝ってスッキリするかもね。でもレキの気持ちはどこに行けばいい？　優しいレキの事だ。許したいのに許せなくて、心を痛めてる。なぜ分からない。君のせいで、レキは不安になって、数日元気が無かったし碌に食べてない」

「……そんな」

　悲しそうな顔を真っ直ぐに見る。

「『過去がバレるんじゃないか』心配して君を邪険にできなかった。……ここはレキが必死に作った『普通の場所』なんだ」

「俺、過去をバラしたりするつもりなんて──」

　焦って理人が言う。

「親友だと思ってたのに裏切られて、抵抗してもα達に……しかも転校までずっと続いた。君の何を信じればいい？　αだけじゃない。友達も離れ、クラスメートは黙認。先生も助けてくれない。レキは信じるのをやめたんだ。……誰も……信じられなくなった」

　言葉にしながら、激しい怒りを抑える。

「『信用』なんて無い。レキを助けずに見捨てた時点で、一欠片（ひとかけら）も無くなった」

　淡々と理人を責める。

「君は、トラウマの元凶で諸悪の根源。今も続く悪夢だ」

　理人は言い返したりせず、下を向いた。

「一人がどんなに孤独か、君に分かるか？　助けて欲しくて……誰も助けてくれなくて……力では敵わなくて諦めるしかなかった。それをきっかけにレキは心を閉ざしたんだ」

「許して貰えなくてもいい……一言……謝りたいんです」

　理人の声が震えている。

「君は身勝手過ぎる。謝ってどうするんだ。虫が良過ぎるとは思わないか？『お前のせいじゃない』レキにそう言って欲しかった？それは無理な願いだろう……君が思ってるよりトラウマは深い」

　口調を厳しくして理人を睨む。

「教室では常に気を張り、校内でも気を抜けない。友達と一緒に食事したり、放課後、寄り道をしたり……そんな当たり前の事……レキだってしたかったと思うよ。楽しそうに笑うクラスメート達を、いつもどんな気持ちで見ていたか……本当に考えてから、ここに来たのか？　自分の行動が余計レキを苦しめ追い詰めてるとは思わなかった？　悪かったと思うなら、レキが逃げた時点で顔を見せるのをやめるべきだった」

　突然、無くなった当たり前の毎日。

　レキはきっと――

　虚しさの中でたった一人、孤独と戦っていた。

「最初はしていた抵抗をしなくなった時のレキの気持ちを少しでも考えた事はあるのか？」

　俺の追求に、理人の瞳が揺れる。

「それ位なら休めばいい。警察に行く、学校に報告する、レキはどちらもしなかった。なぜ、しなかったと思う？　ここからは憶測だ。多分……家族に知られたくなかった。心配をかけたくなくて、一言も言わず我慢して……」

　悲壮感は、手に取るように分かったが容赦しない。

「辛い思いをしても学校を休まなかった。その孤独や苦しみを……本当に理解できるのか？　謝って……済ませるつもりか……？」

　理人の言い分なんて理解したくない。

「レキが怖がってるのに、どの面下げて来たんだ……親友に裏切られて、αに狙われて学校には居場所がなかった。君が全てを奪った

んだ。……誰が許したって俺が許さない」
　今にも泣きそうな顔の理人を一瞥し、言葉を続ける。
「俺は……」
「今更、時間は戻せない。レキは謝罪を受けるどころか、対面すら拒否してる。人の人生を変えたんだ。謝ったとしても、関係は修復できないだろう」
　一つ言えるのは遅過ぎた。
「本当は君を殴ってやりたい。それともレキと同じ目に遭わせてやろうか？　バイト先、大学、家族に全部バラして、孤立すれば、きっとレキの気持ちが分かる」
　理人は黙ったままだった。
「……でも、やらない」
「……」
「レキは柔道、空手、テコンドーの段を持ってるんだ。普段でも相当、ナンパ男を蹴散らしてる。その気になれば、君一人、簡単に闇討ちできた」
　そこでようやく理人は俺の目を見た。
「なぜ、やらなかったと思う？　君達みたいな最低な人間でも、痛めつければ、傷つく……そう思ってるんだ。情けをかける程の相手じゃないのに。その力は復讐ではなく、自分の身を守る為にしか使わなかった」
　逃げたレキを思い出し、決意を固める。
「レキが望むなら、傷つけた人間を全て世の中から抹消したい。……でもレキは望んでない。ただ静かに『普通』の生活がしたいだけ。高望みはやめておけ。君は一生許されない過ちを犯したんだ」
　その言葉でやっと諦めたのか、理人は深く項垂れた。

　フェロモンの効きにくいタイプみたいだ。

少しでも効果があるように……

　理人の両腕を掴み、目を見つめた。

「今、ここで約束してくれ。二度とバイト先で待ち伏せしないと。レキを悲しませたり、追い詰めないで欲しい」

　理人は声には出さず、ただ頷いた。

「……伝言を頼めますか？」

「俺は、レキが聞きたがらなかったら話さない」

「それでもいいです」

　理人は寂しそうに笑った。

「あの時はごめん。ずっと後悔してた」

　理人はポツリと話し始めた。

「謝っても遅いけど。意味もないかもしれないけど……俺は最低だった。怖かったんだ。自分のせいで取り返しのつかない事態になってる事が」

　理人の苦しそうな顔を黙ったまま、見つめる。

「弱くて……狡くてごめん。全部、俺のせいだ。辛い思いをさせて本当にごめん……」

　理人は謝罪を繰り返した。

「レキの事、よろしくお願いします。もう、ここには来ないから安心するよう、伝えてください……」

車内…sideレキ

　理人はバイト先に来るのをやめてくれるだろうか。
『少しだけ話したい』もし理人が折れなかったら──
　クソ。胃が痛くなってきた。
　大して時間は経っていないのに、不安に押し潰されそうになる。
　息が苦しい……
　逃げ込んだはずの車内。すぐ側に理人がいる、それだけで怖くて堪らない。
　頭から離れない理人の声。
　騒がしくなる胸を叩く。
　……落ち着け。

　本当は思い出すのが嫌だったんだ。
　楽しかった事もあったから……
　発情期なんて無かったら、俺達、今でも友達だったかな。
　会いに来てくれたのにごめん。
　──でも俺、怖いんだ。

　二人の会話は聞こえなかった。
　もしかしたら俺の過去について話しているのかもしれない。詳しい人数とかを知れば、流石に零士も……
　自分で頼んだくせに、急に心配になってくる。ホテルで庇ってくれた事を思い出し、頭を振った。

「お待たせ」
　ドアが開いて、ビクリと体が震える。外に理人はいなかった。

「ご、ごめんな。面倒かけて……その……何か俺の事、言ってた？」
「……伝言を預かった」
　零士の声は少し暗かった。
　謝罪の言葉だろう。聞きたいような、聞きたくないような……
　許せば楽になるのかもしれない。……でも。
「聞きたかったら伝えるけど、無理に聞く必要はない」
　零士の言葉に安堵する。
「今は……聞きたくない……」
「分かった」
　最初に友達と言ったから、和解を勧められるかと思っていた。
「理人はもう来ないから安心して」
　そう言われ、落ち込んでいた気持ちが浮上する。
「そ……そうか！　……良かった。ありがとう、零士」
　素直に礼を伝えた。

　パラパラと振り出した雨。フロントガラスが濡れて水滴が次々と
流れ落ちる。
「今日は降らない予報だったのに」
　そう呟いて外を眺めた。
　急な雨に慌ただしく走る人や傘を差す人を見つめる。
　そういえば、零士と出会ってから何度目の雨だろう……
　理人と話さずに済んだ。ずっと気掛かりだった問題が解決して、
ようやく息苦しさから解放される。

「これから、どうする？　レキの好きな事をしよう。家に帰っての
んびりしたいなら、それでもいい」
　優しい声を聞いて、ほっとする。
　心配で今日も碌に食べていなかった事を思い出した。

「俺、何か食べたい。外でもいい？」

　礼も兼ねて、たまには俺が出そう。

「ケーキバイキングは？　今日は予約してないから、待つかもしれないけど」

　零士の声のトーンがいつもより低い。

　心配かけたのかな……

「ケーキは零士が買ってくれたのがあるから。保冷剤あるし平気だよな？　俺、肉がいいな。焼き肉とかハンバーグ？　いや。グラタン、パスタも捨てがたい。いっそ寿司！　この辺に100円寿司ってあったっけ？」

　一気に緊張が解け、空腹だった事に気付く。

　零士に頼んで良かった……

「へへ。安心したら腹減った！　ガッツリ系に行こうよ。零士は何が食べたい？　今日の礼に俺が奢るから。食べたい物ある？　なんでもいいよ」

　腹を擦りながら伝える。

　テニスもしたいな。俺から誘ってみようか。前にゲーセンでラリーが続いて楽しかったし。

「食べたらテニスにも行きたい。ゲーセンじゃなくて、ちゃんとコートがある場所で」

「……うん」

　零士は聞き取るのがやっとの小さい声で返事をした。

　不意に零士に抱きしめられ、ドキッとする。

　今日は煙草の匂いじゃなくて、甘い香水の香り……

「お、おい。コラ！　何やってんだ！」

「ハグ」

「……やめろ。外から見える」

「少しだけ」
　全く少し隙を見せると……
　スキンシップが多過ぎる。
　零士の肩を叩く。
「痛いぞ」
「うん……」
　零士はなかなか離してくれなかった。

　今までのセフレとは一晩限り。
　こんな風に抱きしめられる事もなかった。
　温かい……
　零士はなんで、こんなに温かいんだろう。

「俺、サーモンが食べたいな」
　しばらくしてから零士がそう言ってきた。
「じゃあ、寿司にしよう！」
「レキは何が好き？」
「マグロにサーモン、イクラ、エビ、イカ……アジとかタイとかも
好き。穴子とか天ぷらも食べたい。寿司屋の玉子焼きも甘くて好き
だな、茶碗蒸しも！」
「よし。全部食べよう」
　理人と話しても、零士の態度は変わらなかった。
　店にも来ないって約束まで……
　本当にほっとした。霧が晴れたように心が軽くなっていく。
「ちょっと遠くてもいい？」
　零士の言葉に頷く。

安心

　ライトアップされ、煌めく水槽。丸い柱の中で踊るように泳ぐカラフルな魚達。

　その日、生まれて初めて回らない寿司屋に入った。100円寿司に行くつもりが……

　寿司屋なのに洒落ていて、バーのような店内。ショーケースには輝く刺身がズラリと並ぶ。値段が一個も書いてなくて恐ろし過ぎる。

　しかもメニュー表が見当たらない。

　セレブな客は値段なんて気にしません……て事？　店側も値段なんて書く必要ないですよね？　的な……？　こ、怖ぇー！

「こんな所、払えない」

　こそこそと言うと、「優待券があるから大丈夫」と返ってきた。

　何が大丈夫なんだ。俺に払わせる気は無いのか。

「次は肉じゃがとおでんが食べたい」

　零士が緩んだ顔で笑う。

「それじゃあ割に合わない」と抗議したら、「優待券は釣りが出ないから差額を頼む」と言われた。

「……でも今日位は」

　いつも出して貰ってばかりだし。

「今夜もうちに泊まる？　気にするなら、サービスして」

　零士がとんでもない事を抜かしてきた。

　サービスって、つまり!?

「こ、この……！」

　何をさせる気だ。変態め。

「く、くくっ……」

笑ってやがる。また、からかわれた。

　でも楽しそうに笑う零士に毒気を抜かれる。

「そんなに言うなら、後でスタボ奢って。期間限定のイチゴ、まだ飲んでないんだ。グランデ……いや、ベンティで」

　少しは折れる気になったのか、零士が言ってきた。

「俺もイチゴ飲んでない。でも今日はバニラクリームの気分だな。生クリーム増量で」

「どれも甘くて美味しいよね。俺、毎日飲みたい位、好き。あれを考えた人を心から尊敬してる」

「ハハッ！　そこまでかよ。あー。でも……さっき、買ってくれたケーキもある」

「レキ。お前、それでも真の甘い物好きか？　限界越えても甘いのは別腹だろ？」

「なんだ、それ！」

　零士の可笑しな理論に笑う。

　ふと視線に気が付く。

　高級店だから、バイト先みたいに騒ぐ人はいなかったけれど、零士のキラキラオーラに視線が集まっている。

　一般人っぽくと頼んだから、今日は落ち着いた髪色。そこまで派手ではないのに、人目を引く。

　やっぱり零士は格好良い……

　凛としていてスタイリッシュ。時折見せる優しい顔と甘い表情は、見ている人を虜にする。

「レキ。苦手なネタは？」

　声をかけられ、ハッとする。

　いけね。つい、うっかり見惚れていた……

「別に無い」

　なんとなく悔しくて雑に答える。

「大将。今日のお勧めは？」

　和やかに話しかける零士を盗み見る。

　元々、常連なのかもしれない。多分、毎回、変装しているだろうから大将は気付いてなさそうだが。

「テーブルに箸がない……」

　困っていると、零士は手拭きを渡してくれた。

「手で食べていいんだよ。言えば、箸もくれるよ。貰う？」

「うん」

　なんで高級店なのに、手で食べるんだ？　周りを見ると手で食べている客が多い。

　不思議な光景に頭を捻る。

「好きな物を頼んで」と言われたけれど、値段が全く分からないから怖過ぎる。

「零士と同じでいい」

　俺の言葉に、零士は目を細めた。

「……可愛い事、言うなよ」

　なんか、ちょっと喜んでいるし。

「何を勘違いしてんだ！　よく分からないから任せるって言ったの。大体、大学生をこんな高級店に連れてくるな！」

　思わず語尾がきつくなってしまう。

「ごめん。俺、あまり他に店知らなくて。この店、美味しいからレキにも食べさせたかったんだ」

　落ち込むような声に慌てる。

「……あ……いや、違う。高級店にビックリしただけで、その……」

謝ろうとすると、零士は笑いを堪えていた。
「あ！　この……騙したな！　沈んだ振り、やめろよ」
「ははっ。だって面白くて」
　俺は面白くないっつーの！

　最初に食べたのはヒラメとタイ。
　旨過ぎる……
　感動していたら、また零士が笑っている。
「最初に頼むって事は白身が好きなのか？」
　聞いてみると——
「淡白な白身から頼むのが通(つう)なんだ」と得意気な顔で説明された。
　通って……
　居酒屋で安い焼き鳥を『最高』とか言って食っていたくせに。家
で焼き魚とホットケーキを焦がして、カレーの具材を全部溶かした
奴がよく言う。
「ぶ、くく……」
　思わず笑ってしまう。
「なんだよ。思い出し笑いか？　レキはやらしいな」
　楽しそうに零士が肩を揺らした。
「……お前だけには絶対言われたくない」
　キッと睨む。
　さっきまでの恐怖が嘘のようだ。高級店は困るけれど……

　遠慮して控えめにするつもりが、次々に注文され、結局、山程食
べてしまった。マグロもサーモンも最高の味。光物も脂が乗ってい
て旨い。初めて大トロも食べた。
　口の中で溶けてなくなりそう……！
「蕩(とろ)ける……」

生きてて良かった。なんて大げさな感動をしてしまう。

　気付くと、いつの間にか追加注文され、大トロがもう二貫、目の前に置かれた。

　しかし一体、一貫いくらなんだろう。怖いけれど気になる。値段って聞いてもいいのだろうか？

　金額を聞くなんて、まさか無粋な事をする人は周りにいない。聞いても『時価だからお答えできません』とか大将に言われそう。

　ウニはあまり得意ではないが、出されたものは残さない主義。覚悟を決めて口に放り込むと、滑らかで甘い。高級店のウニは驚く程、旨かった。今まで食べて苦手だったウニと同じ食べ物とは思えない。

　甘い卵焼きも茶碗蒸しも絶品。天ぷらは海老に蓮根、舞茸、さつまいも、いんげん。好きなものばかり。味は塩とつゆ、タレ、三種類もある。

「サクサク。抹茶塩、初めて……旨い！」

　初めて塩を付けて天ぷらを食べたけれど、驚きの味だった。

　満腹だと言っても、巻物を何種類も頼まれ、あっさり完食。

「この時間帯だと帰り道、渋滞してるかもしれないから、先にトイレ行ってきたら？」

　そう言われ、済ませて戻ると、すでに会計が終わっていた。

　抗議しても零士は聞く耳持たず。

「お礼に朝食はチャーハンがいいな。朝早いから夜のうちに一緒に作りたい。帰ったら、作り方教えて。肉じゃがとおでんは次回」

　全くもって折れそうにない。

「……一体、いくらだった？」

　一応、聞いてみた。

「秘密。学生はそんな事、気にするな」

「値段が一個も書いてなくて恐ろしかった」
　とりあえず不満を伝えておく。
「美味しかった？」
「全部旨かった！」
「じゃあ、スタボ行こう。奢ってくれるんだろ？　さっきまではイチゴ一択だったけど、定番のキャラメルもいいな……」
　零士が真剣に悩んでいて、思わず笑う。
　仕方なく頷いてから一緒に歩き出した。

【7.Jealousy】

キスマーク

「レキさん！」
「彼氏さんが来てますよ」
　仕事を終えて控室でカプチーノを飲んでいると、みくちゃんとまりちゃん、お節介な女子高生二人組が呼びに来た。
　また来たのか……
　着替えて、控室を出る。

「レキ、お疲れ」
　最近、定着しつつある奥の席に零士はいた。多分、心配してくれたのだろう。
　理人を追い返した次の日からしばらく迎えに来て、その後もバイト先にちょこちょこと出没するようになった。そのまま飯を食いに行ったり、ゲーセンやテニス、家でゲームをしたり。
　悔しいが結構楽しい。
　──最近、零士が変だ。やたら甘いっつーか。なんか大事にされているような。見つめられたり触られたりするのが、前より増えた気がする。居心地悪くて堪ったもんじゃない。ヤッてない時もさり気なく頭を撫でたり、意味もなくハグされるし。
　いつもクールだった零士の目が熱い気がして……だから、どうというわけじゃないけれど……

　認めよう。ホテルで昔レイプした奴に会った時に、正直、ちょっと良い奴だな……と思ったし、気を許すきっかけとなった。

88

理人の件では思わず頼ってしまい、本当に次の日からピタリと店に来なくなった。

　彼氏の振りを頼む。自分の中ではありえない変化。過去の事もあって、人を信じない、頼らない、気を許さない、無意識にガードしていたのに。

　零士は俺の過去を知っても変わらなかったし、何も言わず力になってくれたから……

　その見返りが『家に来る頻度を上げてくれ』だなんて。俺はどうすればいいのか。

　……とかなんとか言いつつ、俺のバイト休みの水曜日と零士の休みの金曜日に会うのがお決まりになってきて、それ以外にも頻繁になりつつある。奢りの代わりに食事を作って欲しいと頼まれ、マンションに行く機会も増えた。

　ゲームや映画が気になって、自ら行ってしまう事も……

　でも零士は迷惑そうな顔もせず、なんだか嬉しそうな顔で毎回、俺を出迎えた。

＊　　　＊　　　＊

「キスマーク！」

「え？」

「首元！　少しは隠せよ。やらしーな！」

　大学のクラスメートに言われて、トイレの鏡で見た。

　首輪の少し上に赤い痕。キスマークにしか見えないけれど、多分、虫刺されだろう。零士は絶対に付けたりしない。

　あいつはαっぽくないんだよな。αのくせに束縛も嫉妬もマーキングもしないし……

独占欲の印。零士だってαだし、誰かにキスマークを付けた事あるのだろうか……

──いや。何を気にしてんだ。意味が分からん。やめやめ！　授業始まるし。

なんだかモヤモヤしながら、教室に戻った。

* 　 * 　 *

帰る頃にはすっかり忘れ、気にせず零士の家に向かった。

「レキ。今日はハンバーグの作り方を教えてくれる？　チーズ入りがいい。割ったら出てくるやつ」

「お子様だなぁ、零士は」

俺もチーズ入り、好きだけれど。

「サラダはマカロニを──」

言いながら零士の動きが止まる。

会話が不自然に途切れ、気になり目線を上げた。

……な、なんだ!?

思わず緊張が走る。

零士はかなり不機嫌そうな表情をしていた。

「零士？」

とりあえず向き合う。

零士は俺の言葉を聞くなり、俺の為に準備したエプロンをリビングの椅子に放り投げた。

ジロリと一睨み。

え……!?　何？

零士は普段、物を投げたりしないし、睨まれた事も無い。

さっきまで普通だったのに、突然の豹変に狼狽える。

零士は何か考えて黙り込んでいた。

いつもは顔に出さないのに。
「な、何」
　恐る恐る聞いてみる。
「……」
　沈黙が怖い。
　零士はしばらくしてから、口を開いた。

「なんだよ、この痕」
「……何が？」
　言葉の意味が理解できず、聞き返す。
「キスマークだろ？　これ」
　零士が首元を撫でた。
「俺と二日前にヤッたばかりなのに」
「え？」
　キスマーク？　あ……
　大学での話を思い出す。
「……足りなかったんだ？」
　明らかに不満の色を浮かべ、吐き捨てるように言われた。
　なんだよ。なんで零士が怒ってんの。
　困っていると、手を引かれて寝室に連れ込まれた。

　勢いよくベッドに押し倒され、強引に脱がされる。すぐに指が入ってきて驚く。
　いつもより性急で少し乱暴なセックス。
　意外だった。キスマーク位でこんな風に怒るなんて。
　零士なら気にも止めないと思っていた。
　まさかの独占欲？　αなら普通か？

「これ、誰が付けたんだよ。大学の奴？　バイトの奴……？　それとも、この前の男？」

　グチャグチャに犯されながら聞かれる。

　零士が怒っている。──俺に対して初めて。

　この前？　待って……そんなにしたら。

「あ、ッ！　や……!!」

「……黒髪の男か？」

　黒髪って誰だよ。そもそもキスマークじゃねぇっての！

　零士が俺の事、気にしている……

　突然、恥ずかしくなり、近過ぎる顔を押し退けた。

「……っ！　もっと、ゆっくり」

「駄目」

　零士は悔しそうな顔をして、俺の首に触れた。

　……な、なんて顔してんだよ。

「ヤキモチかよ、零士」

「……生意気な口、黙らせとな」

　照れ隠しで言ってしまった言葉が、零士を余計煽っただけだと気が付いたのは数秒後。

　急に奥まで挿れられ、一瞬、飛びそうになった。

「あ、あぁアァぁっ!!」

　強烈な快感に目眩がして、体が震える。

「上等だ。こんな痕、付けられて……吐け。誰に付けられた」

　いつもの優しくて甘ったるいセックスと全然違う。攻撃的な口調。ヤキモチだという言葉も否定しない。

　本当に……？　零士が……？

　──っていうか、激し過ぎる！

「あ……アッ！　アッ!!」

「言えよ。レキ」

奥まで掻き回されて、頭がおかしくなそう。

　挿れながら首に思いきりキスマークを付けられた。まるで上書きするように。

　零士はαらしくなく温厚な人間だ。普段から感情を露にする事は無いし、いつも穏やか。その零士がたかがキスマークで。

「レキ……」

　駄目。頭がクラクラする。

「まだ落ちるなよ。俺の質問に答えろ」

「あ……！　んんっ！」

　零士の初めての様子に戸惑ってしまう。射抜くように見つめられながら何度も揺さぶられ、達したからといって許される事はなく行為は続いた。

　熱い目をした零士に囚われる。

「や、やめっ！　イっ……てる……から!!　……ぅ、っ!!」

　両頬に手が置かれ、また目が合う。

「他の男と寝るなよ……」

　そんな台詞、今まで一度も……

　足を押さえられ、快感の渦に呑まれる。

「アァあっ！　奥……ヤッっ!!　ンッ！」

　甘い痺れと快感が俺の思考回路を奪う。

　ぎゅっと抱きしめられた。

「……俺だけにして」

　そんな言葉……

　零士に言われるなんて……

説明

　そのまま散々、意識飛ぶまでヤられて、気が付いたら朝だった。
　起き上がろうとして、ふらふらとベッドに沈む。
　体が重い。昨夜は何回した？

　零士の姿は見えず、すでにもぬけの殻。
　いつも金曜日は休みなのに今日は仕事なのか。結局、ただの虫刺
されだと弁解できないまま……
　過去、αと何度も寝た。
　だからαの性質は嫌という程、知っている。
　いつも穏やかな零士の急な独占欲に、少し驚いただけ……
　昨夜の言葉を思い出す。
『他の男と寝るなよ』
　それはまだ分かる。αの独占欲、嫉妬。Ωを自分だけのものにし
たいその衝動も。
『俺だけにして』
　αっぽくない言い方。出会ってすぐ『付き合って』と言われたけ
れど、あの時とはどこか違う。
　意味を考えたら、頬が急激に熱くなる。

　まるで俺の事を……好……好……
　……き、な訳ないだろ!!
　へ、変な汗かいた!!　思考回路が馬鹿になっている!!　そんなわ
けねぇだろ!!
　あいつは誰にでも愛される芸能人。けれど親密な誰かを作れない
寂しさがあった。

零士はフェロモンが効かない俺が珍しくて気に入り、ただ執着しているだけ。

　——でも昨夜の熱い目。セフレに対して行き過ぎじゃないか？

　もう思い出すな。あれはαだからだ。

　毛布を蹴飛ばす。

　か……考えるの、やめよう。頭がパンクしそうだ。

　ふと香る石鹸とシャンプーの匂い。ドロドロだったし、寝ている間に風呂に連れて行ってくれたのか……

　その時、零士のシャツを着ている事に気付いた。流石にデカいな。身長20cm位、違うし。零士ん家の柔軟剤、良い匂い……

　——突然、ドアをノックする音が聞こえ、固まる。

　慌ててドアに背を向け、寝た振り。

　零士が寝室に入ってきた。

　なんで、いんの!?　仕事に行ったのかと思っていた。

　煙草の匂い……

　零士はベッドに上がり、さっき蹴飛ばした毛布を俺の肩にかけた。

　躊躇いがちに手が伸びてきて、髪を撫でられる。

　昨夜とは打って変わって優しい手付き。

　クソ。余計起きにくくなった。

「……起きてるんだろ？　レキ」

　簡単にたぬき寝入りを見破られ、仕方なく目を開ける。

「昨日は乱暴にしてごめん」

　不意に零士が謝ってきた。

　αはプライドが高い生き物だ。自分から謝るαは本当に珍しい。

　いつも束縛してきたα達は『お前が悪い』と決めてかかったり、酷い言葉や態度、理不尽な扱いも当たり前だった。謝られた事なん

て一度も無い。悪いと思ったとしても謝らない奴がほとんど。

　零士が真っ直ぐ俺を見つめる。

　真剣な顔を見ていられなくて、目線を落とした。

「……別に」

　なんて言ったらいいのか分からなくて、素っ気なくそう答える。

「痛い所は……？」

　零士が心配そうに俺を覗き込む。

「無い」

　居心地が悪くて向き合っていられない。

　零士と寝るようになってから他の奴とは寝ていない。キスマークは多分、虫刺されだ……とは言い辛く、お互い黙ったままだった。

　だって、なんか説明したら変じゃん。浮気がバレて必死に言い訳しているみたいだし……

　俺達はただのセフレなんだし、理由を話す必要も無い。零士の方だってαだから独占欲位ある。別に深い意味なんてないのに説明したら変だろ。

「ごめんね、レキ……」

　申し訳なさそうな声。俺の手を握って零士はもう一度謝ってきた。

　別に痛かったわけじゃない。やり過ぎは困るけれど、そこまで落ち込まれると――

「嫉妬したんだ」

　零士の発した単語に動揺を隠せない。

　……認めるのかよ！

　そんな簡単に『嫉妬した』とか言っていいのか……

　やたら早くなる心臓。咄嗟の事で何も返せなかった。

『キスマークではなく虫刺され』
『他の男とは寝てない』
　言ってみる？　……なんの為に。
　零士は緊張した様子で俺を見ていた。
　そのまま一言も話さない。
　う……どうすれば……
　なんで、こんな変な空気なんだ。誰か助けて。

「バイト何時から？」
　話を変えるように零士が聞いてきた。
「9時から……」
　足に力が入らないし、起き上がる事もできない。数時間で回復は
無理そうだ。
　……これじゃあ、働けない。一度も休んだ事なかったのに。でも
代わりを見つける為にも早めに言わないと……
　とりあえずバイトのグループラインで今日、変わってくれる人が
いないかを聞いてみて……
　時計を見るとまだ4時。
　時間が早過ぎるから、6時になったら先に店長に電話しよう。

「お詫びに、今日は俺が代わりにケーキ屋でバイトしてくるから」
「……は？」
　目が点になる。
「代わりに働いてくる」
　冗談にしては真剣な眼差し。真面目なトーンに焦ってしまう。
「無理に決まってんだろ！」
「最近、通ってたからメニューは頭に入ってるし、店員の挨拶もレ
キのを見てだいぶ覚えたから平気」

「平気な訳あるか！」

　どういう思考回路をしているんだ。零士がバイト？　カフェ店員？　ＣＭ一本で億単位稼ぐ奴が時給1000円のバイトなんてできるわけねぇだろ!!

「任せてくれ。完璧な店員になってくるから」

「休めばいいだけだし！」

「休んで穴空けるの、苦手だろ？」

「それは……」

　そうだけど……流石にそんなの頼めない。

「まずは食事しよう。お腹空いてる？」

「……空いてる」

「待ってて。もうできてるんだ。今、こっちに持ってくる」

　零士は怠くて動けない俺の為に、飯を取りに行った。

「お待たせ」

　盆に乗った器を渡される。

　卵の塊と煮過ぎて原形をなくした大根と人参の入った雑炊……

「……これは？」

「無茶したから食欲無いかもしれないと思って……物足りなかったら、コンビニコロッケとポテトがあるよ」

　零士、包丁苦手なのに、こんなに細かく切ってくれたのか。細かい方が消化が良いと思って……？

　少し緊張しながら口を開ける。

「旨い……」

　零士が作ってくれた雑炊は少し薄かったけれど、ほんのり甘くて優しい味がした。

「お皿、片付けてくるね。寝てて」

　零士は部屋を出て行った。

　欠伸をして、目を擦る。体力がガタガタだった俺は、腹が満たされ、すぐに眠気に襲われた。

　寝る前にタイマーを予約しないと。

　周りを見回すが、俺のスマホは見当たらない。多分、リビングに置きっぱなしの鞄の中だろう。

　ヘッドボードにある時計に手を伸ばす。

【5:50】

　猛烈な眠気と格闘しながら、なんとかアラームをセット。あっという間に瞼が重くなり、意識を手放した。

代わり

　目が覚めると、外はすっかり明るくなっていた。慌てて時計を確認。８時半と表示されていて、体温が下がる。

　休みの電話入れてない！　こんな突然、休むなんて迷惑……

　その時、時計のアラームがＯＦＦになっている事に気付いた。

　……切った覚えは無い。

『俺が代わりにバイトで働く』

　さっきの零士の言葉を思い出す。

　まさか零士が切った？

「零士!?」

　大声で呼んでも部屋は静かなまま。

　う、嘘だろ……あいつ、マジか!?

　急いで起き上がると、立ち眩みがした。

　壁に掴まりながら、なんとか歩く。

　体が重い。鉛みたいだ。

　ふらふらとリビングへ見に行くが、零士は見当たらない。

　ソファに残された鞄を見つけ、スマホを取り出した。通知の【ライム65件】が目に入り、唖然とする。

　なんだ、この数……

　まずは店長のメッセージを開いた。

【店長】

〈８時に店に行ったら、彼氏さんが来ていてビックリしたよ。大丈夫？　起き上がれない位、具合悪いんだって？〉

〈自分のせいでレキくんが体調を崩しちゃったから、代わりに働きに来たって言われたんだけど……〉

〈「なるべく迷惑のないように頑張ります。給料もいらないので働かせてください」って言われたよ。いやー。愛されてるね〉

〈こっちは気にせず、ゆっくり休んで。彼氏さん、お借りします。返信不要。お大事にね！〉

　信じらんねぇ。本気だったのか。

　店長のライムを読み、愕然とする。

〈今日はご迷惑お掛けして申し訳ございません〉

　一言だけ店長に返した。

　……本当にどうかしている。

　まだスマホはピロンピロン鳴っていた。

　大量のメッセージ通知があったのはバイトのグループライム。タップして開く。

【バイト】

〈店にレキさんの彼氏が来てます!!〉

〈いつも来てるじゃん〉

〈代理で働きに来たって聞いたよ〉

〈何それ!?　詳しく!!〉

　予想するまでもなく、大騒ぎ。

〈断られた時の事も考えて、店長より早く来てたんだって〉

〈優し過ぎ!!〉

〈あなた達は仕事中じゃないの？　駄目でしょ〉

　こんな感じの会話が永遠と続いてる。

　このグループライムに入ったら、質問攻めに遭いそうだから、返事するのはやめておこう。

〈平日休みなのかな。一体、何してる人なんだろう〉

　メッセージを見て失笑した。

　言える訳ないだろ。

ドラマや映画に出たら必ず大ヒット。主役は当たり前の一流俳優。街中にあいつのポスターや看板が溢れ、本屋には表紙を飾った物がゴロゴロある。泣く子も黙る天下の零士様。

　おまけに、恋人ではなく実はただのセフレ。

　その後も延々とライムが送られてきた。

　零士が急に店員になったから、常連を始め他の客もそわそわ。ついでに前から働いていたかのように、メニューも正式名称で全部、覚えていて動きも立ち振る舞いも完璧。これには店長を始め、店員一同、驚愕。

　いつも俺以外に笑顔を見せない零士の営業スマイルは凄いらしい。目がハートになる客も続出。

　噂が噂を呼んで、かなり席数あるのに、すぐ満席になったとライムに書き込まれていた。

　昼ピークだって滅多に満席にならないのに。

　おまけにテイクアウトのショーケース前も大混乱。物凄い混み具合。店の前には立ち止まって零士を眺める通行人がいて、それを見て他の人も立ち止まる。

　せっかくのオフなのに。一週間に一日しかないのに。なんでお前がそこまでする。詫びで代わりに働く奴がどこの世界にいるんだ。

『俺だけにして』

『嫉妬したんだ』

　零士の台詞を思い出し、しゃがみ込む。

　居心地悪いから帰りたいけれど、働いてくれているのに、礼もせず逃げるのは微妙か……

　スマホだけ手に取り、仕方なくベッドに戻った。

機嫌

　なんだろう。甘い匂いがする。この匂いは零士の……

　目を覚ますと、俺は零士に抱きしめられてた。

「……おい」

「おはよ、レキ。夕飯できたよ」

「普通に起こせ！」

　押し退けると、零士は頭をナデナデしてきた。

「やめろっつーの！」

　こいつの頭の中はどうなっているんだ。

「具合はどう？　昼、何も食べなかった？　『冷蔵庫にご飯あるよ』ってメモしておいたのに、そのまま残ってたから……ずっと寝てた？　辛い？」

　心配そうな零士を見上げる。

「一日寝たからスッキリ。零士、今日は──」

　悪かった、そう言おうとしたら、ヒョイと抱き上げられた。

「やめろ！　自分で歩ける」

「暴れたら落とすかも」

「こ、怖いこと言うなよ……」

　零士はそのまま、スタスタと廊下を歩いた。

　リビングに行くと、鉄板焼きの具材がすでに準備されていた。見事な霜降りのステーキに驚く。

「これ、100ｇいくら？　なんだ、この霜降りは……って、おい。焦げてないか？　貸せ。俺が焼く！」

　零士からフライ返しを奪い、慌ててステーキを返す。

「あー。焦げてる。勿体ない。こんな高級肉を焦がすなよ……」

注意すると、零士は笑いを堪えていた。

　悪かったな、貧乏症で。

「昨夜は無茶してごめん。体の疲れを取るマッサージを予約しておいたんだ。食べ終わったら、一緒に行こう」

　マッサージなんていらないのに。でも、いつもより暗い声で言われたら、何も言えなかった。

「いつもより客単価が高くて、売上が少し良かったんだって。臨時ボーナスが出るみたい」

　寝落ちる前の話はライムで知っている。多分、少しとかじゃなかったのだろう。

　臨時ボーナス。クリスマスの時位だったのに……

「バイトまさか本当に行ってくれるなんて。唯一のオフなのに、ごめん。ありがとう」

　お前のせいだったとしても、普通はそんな事しないし。

「いや、レキが謝る事は無いよ。寝込んだのは俺のせいだし、本当にごめんね。反省してる」

　αのくせに本気で謝罪までしたりして。

「混んで大変だった？」

「結構楽しかったよ。今日もケーキ買おうと思ってたんだけど、全部、売り切れちゃったんだ。そうだ。またケーキバイキング行く？」

　思わず時計を確認してしまった。

　この時間でショーケースのケーキが全部売り切れとか、どんな事態だよ……！

「ディズミーランドは好き？　前にバラエティーに出て賞品でペアチケットを貰ったんだ。あとはナムトの室内遊園地。ゲーム系のアトラクションやジェットコースターもあるんだって。コンビニでチ

ケット衝動買いしちゃった。こっちも一緒に行こう」
　……どんな機嫌の取り方だよ。
　バイトの代理。マッサージにケーキバイキング。ディズミーランドとナムトのチケット。
　目の前には霜降りステーキ。骨付きカルビや立派な海老、貝付きのホタテもある。
　零士の奴、間違いなく貢ぐタイプだな。少し心配になる。

「野菜もちゃんと食べなきゃダメだぞ」
「……父親かよ」
　零士が入れてくれた人参はズラーッと繋がっていた。
「ぶっ、あは！　なんだよ、これ！　ギャグ？」
「そう。わざと……」
「本当か？　こんなの狙ったって作れないくせに。不器用過ぎ。くくっ……玉ねぎはなんで、こんなに厚いの」
「ツルツルするから薄く切れなかった。包丁怖い」
「ふ、はは」
　おまけにズタズタに切り裂かれたシイタケを発見した。
「おい。この可哀想なシイタケはどうしたんだ。なんで、こんな無残な姿に……」
「上をバッテンにしたかったんだ。火が入りやすくなって、味が染み込むって前に見た」
「それって鍋の時の話だろ？　ふっ……しかもバツじゃないし！こんなに切り刻まれて。最早、事件だろ。く、は……ハハッ！」
「……うん」
　目が合うと、零士はほっとしていた。
　──もしかしたら俺が怒っていると思って、心配していたのか。
「はい、海老」

殻を全部、取った物を皿に入れられる。
　自分でできるのに……
「この肉は焦げてないよ」
　自分が食べるのは二の次で、俺の分を焼いては取ってくれた。
　昨夜の事を悪かったと思っているんだろう。年下でΩの俺にこんなご機嫌取り……
　零士の気遣いにまた少し居心地が悪くなる。
『乱暴にしてごめん』
　別に痛かった訳じゃない。いつもと違う零士に少し驚いただけ。

「……虫刺されだよ」
「何が？」
「お前が勘違いしたキスマーク。多分、ただの虫刺され。……最近は零士以外の奴と寝てないし」
　い……言った。言ってしまった。
　だって、なんか居たたまれなくて……

　零士はスクッと立ち上がった。そのまま無言で手を洗っている。
　……む、無反応かよ！　結構、勇気出して言ったのに！
　ピッ……電源を切る音がして、顔を上げた。
　零士は無表情で鉄板のスイッチを切っている。そのままソファに押し倒され、唖然とした。
「……え……は……？」
「ごめんね、レキ。一回だけ」
　上に乗られ、零士はTシャツを脱ぎ捨てた。
「は、はぁ!?　意味が分かんねぇ!!　——って、やめろ！　脱がすなっ！」
　気が付いたら、シャツのボタンは全部外されている。

「今のはちょっと無理」

　困ったようにはにかまれ、益々意味が分からない。

「無理なのは俺の方だろ‼　今日、一日寝てたんだけど⁉　おち、落ち着け。流石に今日はできない！」

「……優しくするから」

　意味不明な事を囁かれ、あっという間にズボンを脱がされた。

　や……ヤラれる……

「そういう問題じゃ……駄目だっつってんだろ！　零……ゃ……あアっ！」

変化…side零士

　いつものようにエスプレッソを飲んでいたら、立て続けに団体客が入り、店内が混んできた。
「ごめん。少し伸びる事になった」
「大丈夫。本読んでるから」
　忙しそうにお客さんの対応をするレキの後ろ姿を見つめた。

　理人との話し合いを無事に済ませ、数日。あれから、心配でしばらくバイト先に迎えに行った。そのまま食事に行ったり、ゲーセンやテニスをしたり、家で映画を見たり……
　次第に一緒にいる時間が増え、不謹慎な俺は会える時間が増えて嬉しかったけれど……
「レキくんの彼氏さん……こんばんは！」
「……どうも」
　パートさんに声をかけられ、笑顔を返す。
　——でも問題が一つ。

「ナポリタンとカルボナーラにパセリが入ってませんよ」
　中からレキの声がする。
「出す前に気が付いて良かった。俺とした事が……！　ありがとう、レキ。ついでにポテトも揚がるから、少し待って」
　キッチンで働いている多分βの男。レキの一、二歳上。
「今日、何かありました？　珍しくミスも多いし」
　レキが心配そうに話しかける。
「分かる!?　実は恋人と上手くいってなくて。慰めて、レキー」
「恋人いたんですね」

「うん。俺んとこも彼氏。βで男同士、ヤバい？」

「……別に。人それぞれじゃないですか？」

「俺、レキに乗り換えようかな」

「結構です」

「ハハッ！　断るの、早過ぎ！　でもマジでどう？　俺、レキなら
イケる気がする」

「俺はイケません」

「つれないな……はい、ポテト。よろしく」

　通って分かってしまった。レキはここでもモテる。

「レキさん。彼氏に来るの、控えるように言ったら、どうです？」

　今度はフロア担当の年下の男。普段からレキに懐いていて、俺に
対して隠さず敵意を向けてきている。こっちはαっぽい。

「束縛とか干渉してくる彼氏、面倒じゃないですか？」

「あいつはヤキモチなんか妬かないよ」

「余裕って事ですか？」

「……っていうか。俺が『来て』って頼んでるんだ」

「はぁ。そうですか……」

　男は明らかにガッカリしていた。

「レキ。金曜日、暇？　二人で飲みに行かない？」

　また誘われている。

「ごめん。あいつと約束してるから」

「水曜日もそう言ってたじゃん」

「……悪いけど」

「たまにはいーじゃん。俺とも遊んでよ」

　またα。あの男はキッチンスタッフ。同じ大学、同じクラスの友
人らしい。

モヤモヤして窓の外に目線を移した。
　バイト先に行くと基本、面白くない。最近はレキが誰かに笑いか
けているだけで、色々考えてしまう。
『他の男に笑顔を見せるなよ』言ってしまいたい。

「なぁ。彼氏、しょっちゅう来てるだろ？　レキってさ、週に何回
位、ヤってんの？」
　今度は若手の社員。
　──邪な目で見るな。
　割って入りたいのをグッと堪える。
「それ、セクハラ。仕事してください」
「だって気になって仕方なくて！　たまにふらふらしてるだろ。ヤ
リ過ぎなんじゃない？　最近、色気ヤベーし」
「訴えますよ」
　社員の軽口にポーカーフェイスが崩れそうになる。
　席を立って掴み掛かってやりたい。

　分かっていた事だ。
　レキは可愛い。バイト先に狙っている奴がいてもおかしくない。
　レキの方は一線引いてる感じだけれど……
　じりじりと焦る気持ち。理人の事が心配で来ていたはずなのに、
本来の目的はいつの間にか変わり、店に通い続ける始末。

「お待たせ。今日はどこに行く？」
　仕事を終えたレキが向かいに座る。
　目を見つめて手を握った。
「な、なんだよ」

突然の事にレキは狼狽えている。
「レキの好きな海外ドラマ借りといたよ。何かテイクアウトして、たまには家でゆっくりしない？」
「……まぁ、いいけど」

＊　　　＊　　　＊

　ドラマなんてただの口実で、マンションに着くなり食事もせず抱き合った。
「……あ……ッ。れい……じ……」
　甘い声で呼ばれると変な気分になる。
　死ぬ程大事にして、滅茶苦茶に虐めたい。
「や……ぅ、んんっ！」
　切ない声に胸の奥が苦しくなった。
「レキ……」
　込み上げる愛しい気持ちに、満たされていく。
　優しく揺さぶると、レキの頬が赤く染まる。俺はなんとも言えない気持ちでそれを見ていた。
　手を絡ませ、耳を甘噛みして腰を引き寄せる。
「イッてる顔、見せて」
「や、嫌だ！　ん……！」
　中を強く擦ると、レキは涙目になった。
「可愛い……」
「アあぁっ！」
　俺だけのものにしたい……
　回数を重ねる毎に気持ちが大きくなっていく。

キスマーク

　穏やかに一緒の時間を過ごし、ゆっくりと関係を育んでいきたい、そう思っていたのに——

　事件は唐突に起きた。

　——レキの首に赤い跡。

　なんだよ。この前はこんなの、無かった……

　信じられなくて凝視する。料理を教えて貰っている最中、キスマークを見つけてしまった。

　苛ついてエプロンをリビングの椅子に放り投げる。

　あまりの怒りで目眩がした。

　爆発しそうな感情を必死に抑え、手を握りしめる。

　俺達は恋人じゃない。

　でも気持ちが追いつかない。

　あんなに可愛い顔を誰かに見せたのか……

　知らない男の腕の中で……

　口を開いたら、酷い言葉を言ってしまいそうで、グッと耐える。

「な、何」

　レキが俺の異変に気が付き、恐る恐る聞いてきた。

「なんだよ。この痕」

　できるだけ感情的にならないように……

　そう思うのに、出てきたのはまるで脅すような低い声。湧き上がる怒りが自分を支配する。

　首元のキスマークを指で撫でた。

「俺と二日前にヤッたばかりなのに」

そこで初めて、レキが『あ……』という顔をした。

　……黒。心当たりがあるのか。

　その瞬間、腹の奥から何かが溢れ出す。

　俺はα。けれど今までの相手には気を遣うばかりで、嫉妬なんてした事がない。相手を縛りたい、その欲求を感じた事も、そんな必要も今まで無かった。

　レキが他の男と寝た。その事実は、俺を揺らし混乱させる。

　抑えられない激情。焦る気持ちに火が点く。

「……足りなかったんだ？」

　二人でいると、ただ嬉しくて温かかった。

　レキと俺の間には何も無い。そんな当たり前の事実にすら、目を背けたくなる。

　そいつの前でも笑顔は見せた？　甘えたりするのか……？

　困った顔をしているレキの手を引き、無理矢理、寝室に連れ込んだ。

自覚

　ドラマや映画で、嫉妬をするシーンは何度も演じてきた。
『自分だけのものにしたい』
　感じる焦燥と衝動。
『束縛しても何も変わらない』
　誰に言われなくても理解している。
『大切にしたい』
　いとも容易くその信念を崩す。
『嫉妬』
　たったそれだけで、独占欲に翻弄され、自分を見失う。実際はこ
んなに、ドロドロしたものだったなんて。
　誰かがレキに触れた。しかも同意で……
　考えただけでネジが飛びそうになる。

「これ、誰が付けたんだよ」
「あ、ッ！　……や……‼」
　黒髪の男と仲良さそうに話してるレキを思い出す。
「……黒髪の男か？」
　親密な雰囲気を思い出してはイライラが収まらなくなる。
「……っ！　もっと、ゆっくり」
「駄目」
　悔しくてレキの首に触れた。

「ヤキモチかよ、零士」
『そうだよ。お前を誰にも触らせたくない。俺だけのものになっ
て』

そう言ったら、どうするつもりだ。
　組み敷いて奥まで挿れる。
「あ、あぁアァぁっ!!」
　レキはビクビクと震えていた。
「上等だ。こんな跡、付けられて……吐け。誰に付けられた」
　狂おしい程の想いを奥にぶつける。

　……俺のものにならなくても。
　レキと一緒にいられる、それだけでいい。そう思っていたのに。
　現実は違い、キスマークの一つで我を失い、強引に迫る自分がいる。気持ちを制御できない。口を衝いて出る言葉も止められない。
「あ……アッ!　アッ!!」
「言えよ。レキ」
　やめないと……!　レキが見切りをつけたらどうするんだ。唯一を失うつもりか……?
　──でもレキの首筋の痕を見ているだけで、血液が沸騰しそうになる。上書きするように、首筋へ思いきりキスマークを付けた。
「レキ……」
「あ、あっ!　アァあ!!」
　自分がαなのだと思い知る。でも同時に一つの事実に辿り着いた。
　αは人のものには興味が無い。αは不貞を許さず、即座に切り捨てる。どんなに相思相愛でも他の男と寝たら終わり。キスマークを見たら別れ話。そういうαも少なくない。
『レキと離れる』
　その選択肢は俺の中には一切無い。
　αだから嫉妬したんじゃない。これは紛れもない俺の本心。
「……まだ落ちるなよ。俺の質問に答えろ」
　さぁ、どうする?　本気になった方が負けとは、よく言ったもん

だ。もう誤魔化せない。

　──レキに惚れている。
　恋愛の『れ』の字も欲しがらないドライなレキに。
　しかも過去のせいで、α嫌いだし人を信じるのが怖いように見える。だから、こんなやり方は間違っているのに。
「他の男と寝るなよ……」
　両頬に手を添えてレキの目を見つめた。

　お前が好きなんだ……

　αだからじゃない。レキが好きだから『自分だけのものにしたい』という欲を抑えられない。
「……俺だけにして」
　レキの事、大事に想っているんだ。
　こんな風にして、信じてもらえないかもしれないけれど……

　散々抱いた後、レキは完全に落ちてしまった。風呂に入れても、服を着せても髪を乾かしても、身動きすらしない。苦しそうに眠るレキの頭を撫でて、しばらく寝顔を見ていた。
　レキの着ていた服とシーツがドロドロだ……
　軽く手洗いして洗濯機に放り込む。
　消化に良さそうな具をスマホで調べ、雑炊を作り鍋に蓋をした。

　寝室に戻るとレキはぐっすり眠っている。
　思い出される暴走。言い訳のできない言動の数々に溜息をつく。
　眠るレキをそっと抱きしめた。

『酷くしてごめん』

『頭に血が上った』

『他の奴に触らせないで』

『俺とちゃんと付き合おう』

　伝えたら、お前は逃げるかもしれない。

　レキが求めているのは、後腐れのない相手。

　本気になったら多分……

　常に線を引き牽制。理人の事もあり、最初から望まない。友人も恋人もいらないと、拒絶していたのだろう。

　レキとは何度も寝た。

　家には来てくれるようになったが……

　自分の連絡先を教えない。俺のスマホの番号ですら、一度も聞いた事は無い。

　いつでも関係を切り逃げる事ができるように、人と距離を作って『大事な存在』を作らないようにしている。

　理人の事が怖かったとはいえ、バイト先を教えてくれたのはレキの変化のように思えた。自分のテリトリーに入れるのは、勇気が必要だったはず。

　……やっと笑ってくれるようになったのに。

　せっかく俺を頼ってくれたのに……

　自分の不甲斐無さが残念でならない。

　レキが最も嫌うαの嫉妬と独占欲。分かっていても抑える事ができなかった。

　起きたらきちんと謝ろう。

　許してもらえるかは分からないけれど……

　誠心誠意。心を込めて。

　　　　　　　　＊　　　＊　　　＊

　ほとんど眠れず、煙草に手を伸ばした。
　もうすぐ夜が明ける。
　ベランダに出て、空をぼんやりと眺めた。
　気が付いたら箱は空、仕方なくリビングに戻ると、寝室の方から
物音が聞こえた。
　……起きたのか。
　決意して寝室に向かう。
　ドアをそっと開けると、背を向けるレキが目に入り緊張が伝わる。
　怖がらせた……
　当たり前だ。
　毛布を肩にかけ、髪を撫でた。

　レキは目を開け、気まずそうにこっちを向いた。
「昨日は乱暴にしてごめん」
　レキを真っ直ぐ見つめ謝る。
「……別に」
　素っ気なく答え、目を逸らされた。
　心配で覗き込むが、視線が合わない。
「嫉妬したんだ」
　レキの手を握り、もう一度謝った。
　……認めるよ。大人げなかったって。
　キスマークを見たら、理性が切れた。

　いっそ言ってしまいたい。『お前が好きだ』って。
　でもレキが望んでいるのは、そんなものじゃない。
『恋人はいらない』

『本気になったら関係はお終い』

　前に釘を刺された。情が湧けば、αは面倒だと思っているはず。恋愛が絡めば関係を切ろうとするかもしれない。

　万が一、バイトをやめたら、接点は一つも無くなるんだ。

　沈黙だけが流れた。

　下手な言い訳はいらない。『乱暴に抱いた』それだけが事実。これ以上はかえって追い詰めるだけだ。

「バイト何時から？」

「9時から……」

　休みの日で本当に良かった。

「お詫びに、今日は俺が代わりにケーキ屋でバイトしてくるから」

「……は？」

　レキは目が丸くなってる。

　こんなんじゃ、誠意は見せられないかもしれないけれど……

　代理を申し出たら、案の定、断られた。

　悪かった。力になりたい、その気持ちが一番。恩を着せるようなやり方に流石に引く？　……打算的と言われれば、それまで。

　レキは義理堅い性格。代わりに働いたら、ここで待っていてくれる気がした。

「任せてくれ」

　人に頼るのが苦手なレキはなかなか『うん』と言わない。

　仕方ない。寝ているうちに家を出よう。

　さっき作った雑炊をレンジで温め、レキに食べさせた。

　まだ体が辛いんだろう。ツッコミはゼロ。俺の残念料理にレキは何も言ってこない。食べながら眠そう……

　皿を片付けて戻ると、レキはまた眠っていた。寝室の時計のアラ

ームを切り、クローゼットを開ける。

　エプロンは借りて、白いワイシャツは自分のでもいいのかな。

　パソコンを立ち上げ、レキの店のホームページを出す。写真付きのメニューを表示。ケーキ、コーヒーや飲み物、サンドイッチやパスタ等の軽食が出てくる。

　コーヒーはかなりの数……豆の種類も多く、甘いフレーバーラテや紅茶もたくさんある。

　暗記は得意だけれど、結構な量。

　仕事中に名前が分からないのはきっと困る。他の人に迷惑をかけない為にも、今のうちに覚えておこう。後は店に行ったら、オーダー用の端末とテーブルの番号、物の置いてある場所の確認。

　契約したバイト以外は働けないと言われる可能性もある。ギリギリじゃ駄目だ。早めに行かないと。

　完璧に代わりを務めたら、レキは許してくれるだろうか……

　車のキーを掴み、足早に駐車場へ向かった。

＊　　　＊　　　＊

　無事にバイトを終えた。忙しかったけれど、大きなトラブルもなく、ほっと胸を撫で下ろす。

「この後、お暇ですか？」

　お客さんに話しかけられ、名刺を差し出された。

「すみません。俺、ここの店員と付き合っているんです」

　そう言って受け取らなかったら、店内が一層騒がしくなる。同時に、俺の言葉に明らかに落ち込む男が何人かいた。

　今日はレキへ誠意を見せたくて来ただけで、牽制しに来たわけではない……

　店長や店員に挨拶してから店を出た。

朝出る前、『肉食べたい』ってレキが寝言で言っていたな……

　まずは大型電化製品の店に行き、ホットプレートを買った。ゲームの階でレキが楽しそうにやっていたアリオカートを見つける。でもProStation（プロステ）ではない。見つけたソフトを持って行き店員に聞くと、本体はWiaUという物だと案内された。少し考えて本体と数本のソフトを手に取り、レジに並ぶ。

　そのままステーキや骨付きの肉や海鮮を買い込んだ。レキの好きそうなプリンも見つけ、手に取る。

　後は、前からレキと一緒に行きたいと思っていたナムトの室内遊園地のチケットをコンビニで購入。電話でマンションのマッサージの予約をした。

　お金を使い物を買い与えても、喜ぶ子ではないけれど……せめて、きっかけになれば。

　レキはいるだろうか。家に帰った可能性もある。

　家は電気も点いてなくて真っ暗だったけれど、玄関にはレキの靴があった。

　……良かった。

　寝室を覗くと、レキはすやすや眠っていた。そっとドアを閉める。急いでシャワーを済ませ、鉄板焼きの準備を開始した。

　四苦八苦しながら野菜を切り、下ごしらえ完了。

　寝室に戻ると、今度は頭から布団を被り丸まっている。

　……猫かよ。

　ベッドに入ると、レキがくっついてきた。

寒かったのかな……

　キュンとして抱きしめる。髪を撫でると、モゾモゾ動き始めた。

　寝ぼけているレキを抱きかかえてリビングへ連れて行く。

「昨夜は無茶してごめん」

　もう一度謝ると、レキは俺の顔を見た。

「唯一のオフなのに、ごめん。ありがとう」

　そんな事、気にしていたのか……

　どう考えても全部、俺のせいなのに。お前って本当に……

「寝込んだのは俺のせいだし」

　頭を下げると、レキは気まずそうに目を伏せた。

　雰囲気を変える為、ディズミーランドとナムトの話をした。レキ
は困り気味だけど、興味はありそうだった。

　WiaUは後にしよう。『無駄遣いして』と怒られそうだし……

「ぶっ、あは！　な、なんだよ。これ！　ギャグ？」

　レキは繋がった人参を見て爆笑している。

「不器用過ぎ。くくっ」

　レキが笑ってくれた。

　——いつものレキだ。

「……虫刺されだよ」

　しばらく食べた後、不意にレキが呟いた。

「何が？」

「お前が勘違いしたキスマーク。多分、ただの虫刺され。……最近
は零士以外の奴と寝てないし」

　レキは下を向いて、耳まで赤くなっている。

　——その瞬間、どうしようもない気持ちになる。

説明してくれるなんて……

都合良く考えてしまう。

気にしてくれていた？　俺に誤解されたくないって事？

衝動的に押し倒しそうになって、ハッとした。

さっき海老の殻を剥いたから、手がベタベタだ。立ち上がり、とりあえず手を洗う。

鉄板焼き喜んでくれていたし、もう少し食べさせてからでも。

振り向くと、レキは照れていた。

……また、そんな可愛い顔して。

そのままレキをソファに押し倒す。

「……え……は……？」

「ごめんね、レキ。一回だけ」

言い訳かもしれないけれど、体が勝手に動いた。

結局襲ってしまい、食事は中断。一回では済まず二回したら、レキはまた落ちてしまった。

……でも、あの状況で我慢できる男はいるのか？

多分いないと思う。

学部…sideレキ

　あれから一週間経った。
「レキ、温かいな……」
「……離せ」
「あと五分だけ」
「遅刻するっての」
「送ってあげるから」
「嫌だよ。フェラール、目立つし」
「じゃあ、ＢＮＷならいい？」
　──キスマーク勘違い事件から、零士がおかしい。

　朝食を済ませ、ソファでテレビを見ていたら、零士が急に抱きついてきた。相変わらずのスキンシップ過多。パーソナルスペースなんて、あったもんじゃない。ここ最近はヤってない時も近いし、すぐに触ってくる。悪かったと思っているのか、零士は俺に対して滅茶苦茶、甘くなった。

　あの日、食事していたはずなのに、なぜか襲われて、起きたら真夜中。零士の第一声は『レキ、アリオカートしよう』だった。
　いやいや、おかしいだろ。まずヤり過ぎで寝込んでいた相手に更に二回はない‼
　怪訝そうな顔をしてやったら──
『ごめんね。でも、あんなに可愛い事、言うのも悪いと思う』と責任を擦り付けられた。
　大体、可愛いってなんだ。キスマークを否定した言葉……？
『最近は零士としか寝てない』
　あんなのが嬉しかったのかよ……

そう思ったら、怒れなくなってしまった。

　しかもWiaUはわざわざ買ったらしい。俺の機嫌を取るのに、一体いくらかけてるんだ。

『アリオカート、一緒にやりたかったんだ』

　零士の言い分に呆れる。無駄に金をかけるのは困ると伝えると、『前から欲しかった』と奴は言い張った。

　……嘘つきめ。一人の時にはゲームしないくせに。

　二回襲われた意味を考えるのはもうやめよう。零士は変なんだ。

＊　　　＊　　　＊

　また朝から雨。忙しなく動くワイパーを見つめる。

　必要ないと言ったのに、半ば強引に車に乗せられた。

「レキ、もうすぐ誕生日だろ？　何が欲しい？」

　零士の言葉に溜息をつく。

「……なんで知ってんだよ」

「学生証。鞄の見えるとこに入れておくと危ないよ」

「いつの間に見たんだ」

　ポケットだと目に付くか。

「そういえば聞いた事なかったよね。学部は？」

　興味津々な様子で聞かれる。

　柄じゃないって言われるかな。零士なら笑ったりしないか。

「……教育学部。小学校の先生を目指してる」

「驚いた。レキ、先生になるんだ」

　零士は笑う事なく俺の話を聞いてくれた。

「きっかけはあるの？」

「俺の一番上の兄が凄く頭良いんだ。いつも勉強を教えてくれて」

懐かしい。分からないとナオ兄に聞いてたっけ。

「一番上って事は──」

「三兄弟の一番下。二番目の兄も影響受けたんじゃないかな。今、塾の先生してる」

ソナ兄も教えるのが上手いし。分かりやすいから、きっと天職。

両親共にβの家庭。加えてうちの兄弟は全員Ω。小さい頃から通っていた護身術に加え、三人分のフェロモン抑制剤は家計に大きな負担をかけていたに違いない。

父さんは残業ばかりだったし、地方の出張や他の社員が嫌がる仕事も率先し引き受けていた。母さんだって時には掛け持ちをしながら朝から晩まで働き詰め。

せめて塾に行かなくて済むように勉強位はと、ナオ兄が勉強を教えてくれたのが始まりだった。

「どうして小学校を選んだの？」

「小学校では担任が性の事を指導するだろ。α、β、Ωの特性について。勿論（もちろん）、役に立った話もあるけど。俺はその……過去に色々あったから自分を守る術（すべ）を教えてあげられるかと思って」

発情期が来るまで、俺は自分がΩだという意識が低かった。護身術を習い、抑制剤を常に持ち歩いていても、どこか他人事だった。

──あの日が来るまでは。

過去は変えられない。でも、ずっと後悔が残る。

自分には関係ないと思っているΩの子も多く、事件は後を絶たない。中には抑制剤を携帯しない子もいた。

発情期に苦しみ、実際にフェロモンの被害にあった俺だからこそ伝えられる事があるかもしれない。

それがこの道を選んだきっかけだった。

「……なれるといいな。じゃあ、教育実習とか行ったりするんだ」
「うん。秋に行く予定。零士は兄弟いる？」
「いない」
「一人っ子だったのか」
　だから寂しがり屋なのか。
　妙に納得してしまった。
　物を買い与えるのは親がそうなのかもしれない。寂しくないように と愛情表現の一つでしてあげていたのだろう。

鉢合わせ

その日、空いていたから皆、早めに上がる事になった。着替えを済ませ、明日のシフトを確認する。

……零士の奴、来ると言っていたな。今からマンションに行くと入れ違いになりそうだ。

こんな時にスマホの番号を知らないのは困る。

聞いてみようか、零士の番号。今更かな……

仕方なく、そのまま控室で待つ事にした。

カフェラテを飲みながら、来週からの新メニューを確認している時だった。派手な音がして、その場にいた全員が振り向く。

「レキくん！」

ドアが壊れるんじゃないかという位の勢い。

「な、なんですか……」

物凄い剣幕の店長に恐る恐る聞いてみた。

「お客さんが来てる！」

「客？」

店長と話していると、女子高生二人組が話に入ってきた。

「彼氏さん？」

「会いた～い！」

「違う！」

楽しそうな二人を遮り、店長が焦って言ってきた。

「いつもの彼じゃなくて……黒髪のα!!」

真っ青な顔。店長は一体、なんの心配をしているんだ。

「黒髪？」

「寡黙で硬派な感じの！　今日は彼が迎えに来る日じゃないの？

このままだと鉢合わせするかも……」
　店長が慌てて説明する。
　寡黙で硬派な……α？　そんな知り合い、いたっけ？
「レキさんてば、α引き寄せちゃうんだ！」
　みくちゃんはニヤニヤしている。
「引き寄せてない」
　控室を出ると、店長も女子高生達も付いて来た。
「浮気は駄目ですよ〜」
　まりちゃんも楽しそうだ。
　……そもそも付き合っていないし。

「入口に座ってる人、格好良い……」
「レキの知り合いらしいよ」
「まさかの三角関係とか!?」
　仕方なく見に行くと、キッチンから声が聞こえる。
　また良からぬ噂が立ちそうだ。勘弁してくれ。面倒くさい。
　入口のソファに座っていたのは──
「爽さん！」
「よぉ、レキ」
　爽さんが笑顔で手を振る。
　……αじゃないし。まぁ、見た目はαそのものだが。
「知り合い？」
「知ってる人っぽい」
　なーんだと言わんばかりの野次馬達。
「兄の彼氏……婚約者ですよ」
　念の為、説明しておく。
「婚約者……」
　爽さんはその言葉に感動している。

「よせよ！　レキ。照れるじゃん」

　ご機嫌な様子でバシッと背中を叩いてきた。

「痛っ！　ちょ……嬉しいのは分かったけど痛いから！」

「ごめんごめん。婚約者……」

　爽さんは余程嬉しかったのか、口元が緩みっぱなしである。

「何？　どうしたの？　店まで来るなんて」

　周りは放って置いて、爽さんに用件を聞いてみた。

「ソナタが熱を出して食欲ないんだよ。寝言で『プリン、プリン……』って呪文みたいに言っててさ。前に『レキの店のプリンが甘さ控えめで一番美味しい』って言ってたから買いに来た」

「それでわざわざ？　結構、距離あるよね」

「車だとすぐだよ。今、ぐっすり寝てるし。ソナタがお前に会いたがってたぞ。なんか最近、泊まりばっかりらしいじゃん。彼氏だけじゃなくて、ソナタとも遊んでやってくれ」

　だから彼氏じゃないっての！

　スタッフや常連が聞き耳を立てているから、否定できないし。

　でも最近、ソナ兄やナオ兄に会ってなかったな。

「……そうだ。のんびり話してる場合じゃない。早く帰った方がいいんじゃない？」

　そろそろ零士が来る。

　また見られて機嫌が悪くなったりしたら──

「うん。起きちゃったら可哀想だから、選んだら行くよ」

　爽さんはショーケース前に移動した。

「すみません。焼きプリンを二つと、イチゴプリンも二つ」

　店長が対応、箱を開く。

「なぁ。今度、うちに泊まりに来いよ。俺もゆっくり話したいし」

　箱詰めしてもらっている間、爽さんが言ってきた。

　爽さんが話したいのは100％ソナ兄の事。十中八九、惚気話（のろけばなし）だろ

う。……でもソナ兄に久し振りに会いたいな。
「まぁ、いいけど。来週にでも……」

「レキ」
　ビクッとして振り向くと、そこには零士がいた。
　──異様な緊張感。一瞬で空気が張り詰める。
　どうしよう。零士がこの前みたいに怒ったら。
「車で待ってる」
　零士は拍子抜けする程、あっさり行ってしまい、周りの心配そうな視線が集まる。
『早く追いかけた方がいい』店長も目で訴えてきた。

「レキ、浮気は駄目だぞ。彼氏いるのに他の男の車に乗るのは浮気に該当する」
　零士が店の外に出たのを見計らい、爽さんが耳打ちしてきた。
　浮気……？　そうか。駅前で会った時は黒髪で眼鏡だったし、真面目サラリーマンだったっけ。
「この前、駅前で会ったのと同じ奴だよ」
「嘘だろ？　雰囲気が全然違った。髪色も感じも」
「あれは……その、イメチェン？」
「あー。じゃあ、誤解したんじゃない？　この前も不機嫌オーラ全開で牽制されたし。もしかして……あの日、喧嘩になった？」
　それって。
「『兄の彼氏と旦那だから心配ない』って言ってあげた？」
「……言ってない」
　この前、夏陽さんと爽さんとバッタリ会った時、確かに変だった。車に戻った後もずっと無口で。
「タイミング悪い時に来てごめん」

考えていると、爽さんが謝ってきた。
「別に」
「夏陽さんもあの時、彼氏に絡んでたけど、心配してたんだよ。お前の事。変な男に騙されて欲しくないっていう兄心」
「それは分かってる」

『嫉妬したんだ』
　零士のこの前のセリフを思い出す。
　もう、よく分からない……

「ヤキモチ妬くと、ソナタは『爽ちゃんだけ』って言ってくれるんだ。健気で可愛いだろ」
　何かを察したのか、爽さんが言ってくる。
　俺は言葉で伝えるの、苦手だ。
　今までの相手には分かってもらう必要もなかったし。
「ふふ……」
「何、笑ってんの」
　爽さんの笑い声に顔を上げる。
「いや。なんか、レキがこういうので悩むとか意外で……年相応っていうか。20歳だっけ？」
「子ども扱いしないで」
　ムッとして言うと、爽さんはまた笑った。
「それなら言ってやれ。『俺にはお前だけ』だって。一気に機嫌直るから」
　……それに似た台詞を言って、速攻で襲われた気がする。
　爽さんが帰った後、少し緊張しながら、車に向かった。

誤解

「レキ、グラタン食べたいって言ってただろ。美味しい店、教えて
もらったんだ。今日はそこでいい？」

　車に行くと、何事もなかったかのように零士が話す。

「……うん」

　この前みたいに怒るかと思ったのに。

「チーズ専門店なんだって。車で十五分位」

　そう言いながら、ナビを入れている。

　いつもポーカーフェイスな零士。でも今日はなんだか……

「チーズケーキは雑誌に載ったらしいよ。スフレとベイクド、レア
の三種類の盛り合わせがある」

　怒っている感じではない。

　……どこか寂しそうな顔。

　説明をする必要はないのかもしれないが、空気が悪過ぎる。

「あの、さっきの人だけど」

　信号待ちで車が止まった時、覚悟を決めて口を開いた。

「無理して言わなくていい。気になるけど、子どもっぽい嫉妬はや
める。……レキに嫌われたくないから」

　真っ直ぐ見つめられて、言葉を失った。

『嫉妬』

『嫌われたくない』

　……やめろよ。なんで、そんな事言うんだ。

　俺は……？　俺は……

＊　　　＊　　　＊

結局、何も言えないまま到着。
　その店では、専門店という名前の通り世界各地の色々な種類のチーズとチーズ料理を取り扱っていた。
「レキは何食べる？」
「俺は海老のグラタンを……」
「ピザとかサラダとかデザートは？　ワイン飲んだら？」
「零士が食べるなら任せる。ワインはいらない」
　零士は運転しなきゃいけないから、俺だけ飲むのは微妙だし。
「すみません」
　零士が店員を呼び止めた。
「ご注文お伺いします」
「五種のチーズ盛り合わせ。カプレーゼ、生ハムのシーザーサラダ。チーズフォンデュ。ペパロニのピザ。海老グラタンとシーフードドリアを一つずつ。食後にチーズケーキの盛り合わせを二つ」
『そんなに食べるのかよ！』
　出かかった言葉を飲み込んだ。
　突っ込み辛い。なんか零士の元気がないから……

「お待たせ致しました。カプレーゼでございます」
　赤白が綺麗なトマトとモッツァレラチーズがテーブルに置かれた。
「サラダのチーズ、パルミジャーノレッジャーノを入れさせて頂きます」
　店員さんが白くてデカいチーズらしい物体を削り入れる。
　シュッシュッ……リズミカルな音が響いて、サラダの上にスライスされたチーズが降り積もる。
「わ……チーズ削るの、初めて見た！　零士は——」
『初めてか』言いかけて口を噤む。
　零士はサラダではなく、グラスに入っている烏龍茶をぼんやりと

見ていた。

「零士。サラダ」

「あぁ。今、取り分けるから」

　そうじゃなくて……

　零士はチーズがたくさん乗った皿を渡してくれた。

「食べて」

　いつもより暗いトーン。見え隠れする落ち込んだような表情。

　なんて言ったらいいのか分からず、目の前のサラダに手を伸ばす。口に運ぶと、チーズの香りが広がった。

「旨いな。流石、チーズ専門店」

「……うん。そうだね」

　零士は上の空だった。

　明らかに変な様子に戸惑う。

　チーズフォンデュは一口に切られた野菜や鶏肉、ベーコン、海老が大皿に盛られている。零士は海老とじゃがいもにチーズを付けて、俺の取り皿に入れてくれた。

　いつもなら『美味しい』ってにこにこ食べるくせに……！

　クソ。零士のテンションが低過ぎる。なんで、こんなに湿っぽいんだよ。俺が気を遣うの、おかしいだろ！

「あの人は二番目の兄の彼氏」

「え？」

「ついでに、前に駅前で会った茶髪の方は一番上の兄の旦那。二人共、心配症なだけ」

　耐え切れず、誤解を解く為に早口で説明した。

　零士は何も答えない。

　また黙りかよ。何か言え。気まずい雰囲気に逃げ出したくなる。

「じゃあ、会わせて」
「は!?」
　飛び出した言葉に焦る。
「芸能人の零士として。紹介して欲しい」
「な、なんで……」
「嫌？」
「駄目に決まってんだろ！」
　ソナ兄は学生の頃から零士のファン。きっと驚いて倒れるぞ。
「俺の兄達がマスコミにタレ込んだら、どうすんだよ！」
「お前の兄弟なら絶対にしない。そうだろ？」
　なんだ、その確信は。
　困っていると、零士が溜息をついた。
「大体、なんて言うんだよ。セフレなんて紹介した事ねぇし」
　つい刺のある言い方をしてしまった。零士が突拍子のない事を言
うせいで……
「気を遣わなくていいから。冷めるから食べよう」
　零士はチーズフォンデュの野菜を皿に移した。
　この言い方、全然信じていない。
　あー。もう！
「前も言っただろ！　セフレはお前だけ！」
　うっかりキレて言ってしまった台詞。
　隣の席の人が驚いてフォークを落とした。
　じっと見つめられ、睨み返す。
　なんか言えよ。俺一人、必死になって恥ずかしい。

　不意に零士が手の甲にキスをしてきた。
「な、なっ、何しやがる！」
　隣の客にガン見され、慌てて振り払う。

「……そんな可愛い顔してると、この場で襲うよ？」

　熱っぽい目に、思わずドキッとする。

「は、ぇ……や、やめろよ!?」

　人前で何をするつもりだ！

「冗談だよ。ふ……」

　ようやく零士が笑った。

　零士は串にベーコンを刺して、チーズをたっぷり付けた。

「レキ。あーん」

　口元に持ってこられ、開いた口が塞がらない。

　こんなに視線が集まっているのに、零士は本当にどうかしている。

「するかっ！」

　プイッとそっぽを向くと、零士がくすっと笑った。

　笑顔にほっとして、皿に乗せたままだった海老を口に運ぶ。

『良かった』と思う俺は変なのか……？

　食事を済ませ、駐車場を歩く。

『首輪をしてなければ、βにしか見えない』

　しょっちゅう言われた。

　周りにはこんなタイプはいない。Ωとはかけ離れた容姿。病弱でも小さくもない。

　……ソナ兄やナオ兄と会わせたらどうなるんだろう。

　同じような体質なんだ。俺と同じく零士のフェロモンが効かない可能性は高い。

　生意気で可愛くない俺。

　素直で優しいソナ兄。

　思いやりがあって一途なナオ兄。

　俺が唯一じゃなかったら、零士は……？

誰だって俺じゃない方がいいに決まっている。

　爽さんや夏陽さんがいるから、二人は零士を好きになったりしないけれど……

　もし俺だけじゃなかったら、零士は俺に拘る必要はなくなる。

「レキ？　乗って」

「あ……うん」

　車の前でぼんやりしてしまった。慌てて乗り込む。

　考えるのをやめよう。

　…………なんか変だ。

「もう二度とこの店に来られない」

　恨みがましく伝えてやった。

「なんで？　また一緒に来よう」

「じゃあ、目立つ事すんなよ。手の甲にキスとか……！　頭の中、どうなってんだ！」

　言いながら、周りの風景が目に入った。

「零士ん家、あっちじゃないの？」

　さっきと逆方向に車が進んでいる。

「レキが煽るから、家まで我慢できない」

　さらっと言われて固まった。

「今夜はホテル」

　車が赤信号で止まり、零士が妖艶に微笑む。

「……よ、余裕ねぇな」

「そうだよ、レキのせい。俺の余裕、返して」

　突然、零士が腕を引き、煙草と甘い香水の香りがした。首筋に零士の唇が当たる。

「零――」

　チュ……

キツく吸われて、キスマークを上書きされた事に気が付く。慌て肩を押した。
「お前、何してんだよ！　せっかく消えかけたのに！」
　俺の言葉に、零士は何も答えなかった。
　最近、零士が本当に変だ。
　今まで、そんなマーキングみたいな事、一切しなかったのに。

＊　　　＊　　　＊

　ホテルからは溜息が出る程の美しい夜景が見える。準備されていたシャンパンを楽しむ事もなく、ベッドに引っ張り込まれた。
　長い指が俺の体をなぞる。
「ん……」
　髪を撫でられ、指を絡ませて優しく抱きしめられた。頬に肩にキスをされて、体が温度を上げる。
「あ、アァ……」
　甘い香りがする。
　これは香水じゃなくて、零士のフェロモン……？
　むせかえる程の甘ったるさにクラクラする。
「レキ……」
　なんだろう。今日の零士、やけに優しいな……
「もっと可愛い顔を見せて」
　耳元で囁かれたら、余計に中が疼く。
「可愛くねぇ。……っ、はぁ」
「ここ、良いの？」
「あ、アッ！　ゃ……！」
　執拗に良い場所を攻められて、訳が分からなくなる。
「……挿れるよ。足開いて」

欲望に濡れた瞳。後ろに当てがわれて体が震える。
　いつもより熱い。熱が籠っているみたいだ。
「アァあッ!!」
　挿れられただけなのに、大声を上げてしまった。
　……でも、なんて快感。
「奥まで挿れていい？」
「や、だっ……ダメ……」
「ほら。掴まって」
　背中に手を回され、しがみつく。
「ん……あぅ！　ん、ん……！」
　時間をかけて、ゆっくりと中を犯される。
　そんな風にされたら……
「嫌だ……！」
「大丈夫。ゆっくりするから……」
　体が甘く痺れる。段々、頭が真っ白になってきた。
「あ……アァっ!!」
　前触ってないのに……！
　呆気なく一人で達してしまい、恥ずかしい。
　髪をかき上げられ、おでこにキスされた。零士は俺を抱きしめたまま動かない。
　馴染むまで待ってくれているのか。
　挿れて動かないのはキツいくせに。

　──でも思い出せ。
　親友だと思っていた理人は一瞬で変わり、たくさんいたはずの友達も一人残らず全員離れていった。
　そう、一瞬で崩れる。

自分の理想から外れたらそこまで。簡単に切り捨て、別のものを探すんだ。

　いつかは一人になる。それなら特別を作るべきじゃない。

「……レキ。どうしたの？　考え事……？」

　零士の言葉にハッとする。

「別に。早く動けよ」

　足を絡ませて、腰を引き寄せた。

　——心を許すな。あんなの、もう二度とごめんだ。

　やりたくなったら会う。それ位がちょうどいい。

　誤魔化すように手に触れ、零士を誘う。

　考えるのをやめて、ただ快感の中に身を置きたかった。

立場

　なんとなく顔を会わせ辛い……

　ドラマの撮影で県外だったから、しばらく零士と会っていない。多分、昨日の夜中に帰って来ているはず。

　水曜日。いつもだったらマンションに寄っていたけれど、今日は真っ直ぐ帰宅した。

「ただいま。珍しいわね。バイト休みの日に家にいるなんて」

「うん。たまにはね。お帰り」

　小腹が空いてキッチンでホットケーキを焼いていたら、母さんが帰ってきた。

「週末も家にいたし……恋人と喧嘩でもした？」

　なんだか、ちょっと笑顔の母さん。

「な、何言ってんの。恋人なんかいないし！」

　慌てて否定する。

　水曜日と金曜日はほぼ泊まり。週末も遊び歩いていたのに、ずっと家にいるから勘違いしたのだろう。

「もー。誤魔化さなくていいのに。最近、いつも楽しそうだし」

　笑顔で話され、肩を落とす。

「別に誤魔化してないよ」

「実はちょっと心配してたのよ。レキは恋愛に全然興味なさそうだったから」

「だから恋人なんかいないって」

「いつか紹介してね？」

「人の話を聞いて、母さん」

　埒が明かない。

説明するのは諦めて、リモコンに手を伸ばした。

　何気なく点けたテレビ。チャンネルを変えていると、零士が映っていて手を止めた。

「あら……零士様！　素敵よね。これ、特集？　【今までの見所、大公開】。レキ見たいのある？　このチャンネルでもいい？」

「……いいよ」

　そういえば母さんも熱烈な零士のファンだったっけ。

　零士とセフレだなんて言ったら、ぶっ飛ぶだろうな。

　特集か……

　画面の零士に目をやる。

『二人で逃げよう』

『そんな事、許されません……！　あなたは会社を本当に捨てられるんですか？』

『お前がいない人生なんて、考えられないんだ。全部捨てても構わない。……お前を愛してる』

　零士が相手役を見つめ、抱きしめた。

「きゃー！　素敵!!」

　母さんは大はしゃぎ。

　……これ、本当に演技か？

　愛おしそうな表情の零士と、嬉しさのあまり泣いてしまう相手役。

　相手役、確か『凛』だっけ？　触っているって事は、ある程度、零士のフェロモンに耐性があるんだよな。

　幸せそうに抱き合う二人。零士が髪を撫で、そっと凛を引き寄せた。長い時間見つめ合って、お互いに目を閉じる。

　キス……

　なんとなく目を逸らし、立ち上がった。

「少し課題やってくる」
「すぐに夕飯よ」
「うん」
　鞄を持って階段を上がる。

　自分の部屋のドアを開けて、溜息をついた。
　俳優だからキス位する。
　何を気にしているんだ。意味が分からん。
　……俺は忘れていた。自分の立場ってやつを。

* * *

　次の日、また朝から雨だった。憂鬱な気分で傘を差す。
　昨日は結局、零士の家に行かなかった。
　でも、よく考えたらやり方がフェアじゃなかったかも。水曜日は
バイト休みだから、いつもマンションに行くのがお決まりだった。
零士は家で俺を待っていたんじゃないか？　最初から分かっていた
ら、外出もできただろうし……

　バイトが終わる時間近く、黒のＢＮＷが駐車場に入ってきた。
　……零士の車だ。
　今日はフェラールじゃないから、店の誰も気付いていない。
　少し気まずくて足取りが重くなる。
　着替えを済ませ、駐車場へ向かった。
　休みの日なのに行かなかった事、問い詰められるかな……

「昨日、何かあった？」

心配そうな声。零士の顔を見ていられなくて目を逸らす。
「……別に。予定があっただけ」
　もっと他に言い方があったかもしれない。けれど上手い言葉が出てこなかった。
「そう。何か甘いの飲む？」
「うん」

　そのまま駅のスタボへ行った。
　零士はそれ以上、昨日の事を聞いてきたりしなかった。
「何にする？」
「えーと」
　店内でボードを見ながら迷ってるとポンと肩を叩かれた。
「レキ！　偶然！」
　振り向いて驚いた。
「……ソナ兄」
　そこにはソナ兄と爽さんがいた。
「偶然だね。俺は爽ちゃんとデートなんだ。ねぇ、今、暇？　たまには一緒にご飯でも行こうよ」
　嬉しそうにソナ兄が話す。
「今日は連れがいて」
　なんて言ったらいいのか分からず、そう答える。
「あ！　友達もいたのか。すみません。俺、レキの──」
　ソナ兄は零士の方を向いて固まった。
「……れ……零士様？」
「零士様!?」
　ソナ兄の言葉に、思わず爽さんとハモってしまった。
　まさか気付くなんて。
　今日はバイトに来るから、茶髪に茶色い目。ちゃんと変装してい

たのに……
　一発で見抜いたソナ兄に戸惑う。

　周りの客の視線を感じ、焦る。
　失敗した。動揺していたとはいえ、大声を出して万が一、正体が
バレたりしたら──
　俺の心配とは裏腹に、チラチラ見られているけれど、芸能人だと
気が付いた人はいないようだった。
「はい。落としたよ」
　慌てる事もなく、零士が鞄を拾い、ソナ兄に渡した。
「……とりあえず外に出ない？」
　声を落として提案。

　外に出ると、ソナ兄は挙動不審になっていた。
「は、初めまして。レキの兄のソナタです。本物だ……足長いです
ね……背高いのに顔、小さい……！」
　相当パニックになっているようで、緊張して真っ赤。
「どうも。変装してたのによく分かったね」
　零士は嬉しそうな笑顔を見せた。
「俺……ずっとファンで写真集とかも持ってるんです！　零士様は
目が印象的だから！」
「ありがとう」
　零士が優しく言うと、ソナ兄はカァッと赤くなった。
「レキ、知り合いなの!?　俺が大ファンだって知ってたのに!!」
　ソナ兄が珍しく興奮して話す。
　知り合いつーか、セフレ。
「中学生の頃からファンで……ドラマや映画……出演した時は必ず
見てます！　『運命の番』も……台詞だとは思うんですが、何度、

零士様の言葉に救われたか分かりません。お会いできて感激です
……これからも応援してます！　あ……握手して貰えますか!?」
　俺は二人が握手をするのをただ見つめていた。

「サインまでありがとうございました！　これからも応援してま
す！　じゃあ、俺達はこれで失礼します」
　ソナ兄はお辞儀をしてから歩き出した。
「……良かったな。零士様に会えて」
　刺々しい一言。納得がいかないようで、爽さんは数歩も歩かない
うちに立ち止まった。
「じゅ、純粋なファンだよ！」
　ようやく爽さんの黒いオーラに気が付き、ソナ兄は慌てている。
「どうだか」
　爽さんは怒ったまま。
　喧嘩になるんじゃ……
　心配して声をかけようとした時だった。
「大好きなのは爽ちゃんだけだよ」
　ソナ兄が爽さんの腕に抱きつき、一生懸命話す。
　いらない心配だったか。聞こえてんだよ。バカップルめ。
「本当？」
「……うん」
　二人は見つめ合っている。
「じゃあ、証明して」
　爽さんが頬を指差した。
「ひ……人がいっぱいいるから」
「ソナタ。して？」
　甘えるような口調で爽さんが話す。

ソナ兄は少し考えてから、爽さんの頬にキスをした。

爽さんの口元が緩み、端<rt>はた</rt>から見ても一気に機嫌が良くなる。

弟の前でやめろよ。本当に恥ずかしいカップルだな。

爽さんがソナ兄の肩を抱く。二人は幸せそうに帰って行った。

「コーヒー、買いに行こう」

　上機嫌の零士に付いて行き、店内に戻り注文した。

　見破られて嬉しそうだったな……

　さっき、ソナ兄に向けた零士の笑顔を思い出す。

　そりゃ、嬉しいか。

『本当の自分を分かってくれる人がいる』

　零士が望んでいるもの……

　──別に俺じゃなくても。

「お前の兄弟も、触ったり目を見ても平気なんだな。フェロモンに強いのは血筋か。黒髪のα、本当にお兄さんの彼氏だったんだ。かなり威嚇されたけど。くく……」

　黙ったまま零士の話を聞く。

「レキの何歳上なの？　随分可愛いね。顔は似てるけど、素直で純粋そう。あんな風に甘えられたら彼氏は嬉しいだろうな……お前も甘えていいよ。見習ったら？」

　なんだよ、その言い方。

「俺、今日は帰る」

「え？」

　零士に背を向け、出口に一人向かう。

「レキ？」

「レシート番号38番でお待ちのお客様〜」

「あ……」

店員に呼ばれてしまい、零士が出遅れた。
　その隙にスタボを飛び出す。

　俺はソナ兄みたいに真っ白じゃない。汚れた体に捻（ひね）くれた心。セフレを次々と変え、まともに付き合った事もない。
　……ソナ兄が可愛いのなんて知っている。
　心優しい自慢の兄。純粋で涙脆（なみだもろ）いところは兄弟ながら本当に可愛いと思う。性格も穏やかで健気。
　自分勝手な俺とは違う。

「レキ！」
　零士の声がして、慌てて点滅している信号を渡る。
　……なんでこんなに腹が立つんだろう。
　振り向かず駆け足で雑踏を抜けた。信号が変わり、車の走行音でもう零士の声は聞こえない。
　対抗車線からタクシーが来て目に入る。少し考えてから手を上げた。

鉢合わせ…side 零士

『レキが好き』
『誰にも渡したくない』
　キスマーク勘違いの一件で自分の気持ちに気が付いた。
　あの日、勘違いしてやらかした俺をレキは許してくれた。しかも『最近は零士としか寝てない』って説明まで……
　バイト先へ迎えに行くのも、文句言われたり遠慮されたりするけれど、前より断られなくなってきた。

　ソファで一緒にテレビを見ていたら、レキは眠いらしく欠伸をしている。珍しく隙だらけ。でも安心しているようで嬉しい。
　しかも寝癖……気が付いていないのかな。
　レキはソファのクッションがお気に入り。テレビを見ながら、ずっと撫でている。
　……何やってんの。
　笑いを堪えながらレキに抱きつく。
「離せ。抱きつくな」
　そう言われても、とりあえず聞こえない振り。
　レキの髪からは俺と同じシャンプーの香りがして、幸せな気持ちで頭を撫でた。

　もうすぐレキの21歳の誕生日。
　……二人きりで祝いたい。

　お洒落なホテルのディナーとかよりも、畏まっていない方が喜ぶか。ゲームのソフトとかをプレゼントしたら良いかもしれない。で

も、それだけだとムードに欠ける。

　秋に教育実習だと言っていたから、ネクタイを贈るのは……？

『あなたに首ったけ』

『縛りたい』

　プレゼントの意味を教えたら、レキはどんな顔をするだろう。

　流石にスーツ一式だと遠慮して嫌がるかな。

　予想しながらワイシャツに腕を通す。

　他に毎日使ってもらえる物。

　次は大学生に人気の定番ブランドを検索してみる。

　誰かの誕生日にワクワクするのは久し振り。

　浮かれながらレキのバイト先へ車を走らせた。

＊　　　＊　　　＊

　店内を見に行くと目に入ってしまった。

　──黒髪αがいる。

　楽しそうにショーケース前で話す二人に近付く。

　バイト先を知っているのは、俺だけじゃなかったのか。

「なぁ。今度、うちに泊まりに来いよ。俺もゆっくり話したいし」

「まぁ、いいけど。来週にでも……」

　黒髪αが誘い、躊躇う事なくレキは受け入れた。

『泊まり』……？

「レキ」

　声をかけると、レキは恐る恐る振り向いた。合わない目線。気まずい空気。明らかに俺の事を警戒している。

　……前回、怖がらせせいだろう。

　怯えるような表情を見て、言いかけた言葉を飲み込む。

邪魔したい気持ちをグッと抑えて、車へ戻った。

黒髪αがレキに何かを耳打ちしている。
イライラして目を逸らした。
しかも長い。何を話しているんだ。いや、冷静に……
——あんな自分勝手。二回目があると思うな。
レキはαが嫌い。束縛も嫉妬も嫌い。
みっともない真似はやめよう。

＊　　＊　　＊

チーズ専門店に連れて来た。
いくつか注文したけれど、レキが余所余所しい。
来週、レキは黒髪のあいつと泊まり……
さっきも楽しそうだった。
気になって表情が作れない。楽しみにしていたチーズ料理は味が
しなかった。

「あの人は二番目の兄の彼氏」
　突然の一言に顔を上げる。
　前、駅前で会ったもう一人は一番上の兄の旦那だとレキが説明し
てきた。二人共、心配症なだけと付け加えて。
　兄の彼氏にしては仲良過ぎだろう。俺に兄弟はいないけれど、普
通、義兄弟って……
「じゃあ、会わせて」
　繋がりが欲しい。
　脆過ぎる俺達の関係。もし本当に兄がいるなら……
「芸能人の零士として。紹介して欲しい」

本当は電話番号も聞きたいし、心配だから家まで送りたいんだ。
「駄目に決まってんだろ！」
　即答されて、やっぱり……と思う。
「俺の兄達がマスコミにタレ込んだら、どうすんだよ！」
　お前が心配しているのは、そんな事じゃないだろ。逃げ道がなくなるのが怖いから、この話は絶対に受けない。
　分かっていたのに言葉にしてしまった。

「セフレなんて紹介した事ねぇし」
　思い切り釘を刺される。
　自分の気持ちを自覚してから、その言葉はキツい。
　多分、顔に出してしまったのだろう。レキはなんて言ったらいいのか分からず困っている。

「冷めるから食べよう」
　六も年下のレキに気を遣わせてどうする。黒髪αがバイト先に来て、思ったより余裕がない。
　もう一度、嫉妬して酷くしてみろ。絶対に逃げられる。
　俺を見るレキから目を逸らした。
　レキが俺の側にいてくれる、今はそれだけでいい。そう心に決めたじゃないか。

　でも食事中、気が散って仕方なかった。
　あの時の楽しげな二人。当たり前のように交わされた約束が頭から消えず、深い溜息をつく。
　大体、兄弟の彼氏の家になんで泊まるんだよ。設定甘過ぎ。どうせなら、ちゃんと騙せ。
「前も言っただろ！　セフレはお前だけ！」

半分キレているレキ。

　それは甘さも何もない台詞だったけれど……

　手の甲にキスをすると、思い切り振り払われたが、レキの顔は真っ赤だった。

　その瞬間、自分が何に悩んでいたか、忘れそうになる。

　所詮、惚れた方の負け……

「そんな可愛い顔してると、この場で襲うよ？」

「は、ぇ……や、やめろよ!?」

　焦る様子にキュンとしてしまう。

　可愛いな。レキは本当に可愛い。

　恋をすると人は馬鹿になる、あれは名言だな。本当にそうかも。

＊　　　＊　　　＊

　ホテルに着いたら、すぐにベッドに押し倒した。

　クラッとするようなレキの甘い香り。いつもより甘い……

　もしかしたら発情期が近いのか？

　多分、抑制剤がよく効くタイプ。今までこんなに甘い香りを感じた事はない。

　首輪はレキの防衛。誰とも番にはなりたくないという気持ちの現れ。番になったらお互いを求め合うって本当だろうか。

　誰かに甘えるとか頼るとか極端に苦手なレキが番に依存したり溺れたり……？

　とりあえず想像がつかない。

『セフレはお前だけ』

　さっきの言葉を思い出す。

　慎重にいきたい。傷ついてきたレキを追い詰めないように。

154

——欲しいのはその先の関係。

　感じる快感と幸福感。目が合っただけで、胸の奥が熱くなる。最
近は抱く度に堪らない。
「あ、アァ……」
　首筋にキスして、もう一度キスマークを上書きした。
　絶対に他のαに横入りされたくない。
　俺も知らなかった。自分の中に眠っていたαの性。
「や、だっ……ダメ……」
　涙目で訴えてくるレキを見たら、ムラッとしてしまう。
　嫌とか駄目に興奮するのはＳだけかと思っていた。
　背中に手を回されて、しがみつかれたら、もう……なんて言うか
……どうしようもない気分になる。
　時間をかけて、ゆっくりと中を探る。
「あ……アァっ!!」
　レキの全身が赤くなり、温かいものが零れ落ちる。
　挿れただけで……
　ゴクリと自分の生唾を飲んだ。

　レキが好き……
　これ以上、誤魔化せない。

　　　　　　　　　＊　　　＊　　　＊

　ドラマの撮影でレキに四日も会えなかった。
　撮影が押して、深夜に帰宅。シャワーだけ浴びて、寝室のカーテ
ンを開ける。
　レキは今頃、眠っているかな……

煙草を咥え、星の見えない空を眺めた。

　次の日、レキは家へ来なかった。いつもならバイトは休み。大学
終わって夕方、うちに来る事が多かったのに。
　もうすぐ定期テストだと話していたのを思い出す。テスト勉強で
忙しいのだろうか。それとも友人と出掛けて……？
　レキにはレキの生活がある。それは分かっている。
　でも寂しく思ってしまう。

遭遇

　次の日、バイトが終わる時間に合わせて、ケーキ屋に向かった。
　店内で働くレキが見え、ほっとする。忙しそうだったから、車の中で待つ事にした。

「昨日、何かあった？」
　少し心配で聞いてみると目を逸らされた。
「……別に。予定があっただけ」
　叱られた子どものように小さくなるレキ。『聞かないで欲しい』と全身から伝わってくる。
　これ以上はやめておいた方がいいか……
「そう。何か甘いの飲む？」
「うん」
　話を切り替えるとレキはようやく顔を上げた。

　スタボの店内でボードを見ながら迷っていると、後ろから人が近付いて来る。
「レキ！　偶然！」
「……ソナ兄」
　レキの肩を触った人を見て驚く。
　──そっくり。一瞬で分かった。兄弟だ。驚く程、似ている。
　レキより若干、大人っぽくて垂れ目気味。顔は瓜二つだけれど、雰囲気がやわらかくて甘め。
　隣には例の黒髪の男がいた。
「俺は爽ちゃんとデートなんだ」
　嬉しそうにその子が話す。

……本当に兄の彼氏だったのか。

　俺の方を向いてから彼は固まった。
　ドサッ。足元に鞄が落ちる。
「……れ……零士様？」
　その言葉に驚く。
　今日はバイト用にちゃんと変装しているのに、まさか正体を見抜かれるなんて——
　鞄を拾って渡すと、彼は俺の事を穴が開く勢いで見ていた。赤い顔で緊張気味だが、フェロモンが全く効いていない感じがする。

　一度、店の外に出る事にした。
「は、初めまして。レキの兄のソナタです。本物だ……足長いですね……背高いのに……顔、小さい……！」
　ソナタくんが俺を褒めれば褒める程、黒髪αの機嫌が悪くなる。
　……これは。
　話していると、黒髪αは相当怒っていた。
　刺すような視線。ビリビリ伝わる不機嫌オーラと激しい独占欲。
「レキ、知り合いなの!?　俺が大ファンだって知ってたのに!!」
　鋭いレキとは正反対な感じなのか……？
　彼氏の様子に全く気が付いていないようだ。
　ソナタくんを見て、黒髪αはムッとしていた。
　なんだ。黒髪αはソナタくんにベタ惚れ。疑いの余地もない。
「あ……握手して貰えますか!?」
　……触っても大丈夫か？　でも断るのは感じが悪いし。
　緊張しながら手を差し出す。
　ソナタくんは握手しても変化が全く無かった。
　フェロモンに強いなんてもんじゃない。

どう見てもβ。レキの兄だし、Ωかもしれない。βだとしてもこんなに影響ないなんて。
　殺気を感じ、手を離す。
　──おっと。これ以上は黒髪αが危険。ピリピリなんて可愛いものじゃないぞ。喧嘩にならないといいけれど。

「……良かったな。零士様に会えて」
「じゅ、純粋なファンだよ！」
「どうだか」
　帰り際、二人は立ち止まったまま揉めている。
　少し心配で見ていると、ソナタくんが黒髪αの腕に抱きついた。
「大好きなのは爽ちゃんだけだよ」
　一生懸命話す姿を見て、少し羨ましくなる。
　一途でちゃんと伝えてくれる恋人。あんな風に言ってくれたら、きっと、それだけで……
「じゃあ、証明して」
　黒髪のαが頬を指差した。
　ソナタくんは少し考えてから、恥ずかしそうにそっとキスをした。
　仲良いんだな……
　幸せそうに帰って行く二人を見送った。

　断言できる。あの黒髪αはレキのセフレじゃない。二人は相思相愛だし、レキも呆れているだけで、他の感情はなさそうだ。
　何よりレキが俺に本当の事を話してくれていたのが嬉しくて……
　俺の気はかなり緩んでいた。

【8.Loneliness】

失言

「コーヒー、買いに行こう」

　店内に戻り、注文を済ませる。

　全然敵じゃなかった。

　義弟を心配していただけ。そんな感じだろうか。

「レキの何歳上なの？　随分可愛いね。顔は似てるけど、素直で純粋そう」

　お互いを求め合う『本物の二人』。

　ヤキモチを妬いても、言葉と態度で伝えてくれる。

　恋人。同じ『好き同士』。

　ああいう関係になりたい……

「あんな風に甘えられたら彼氏は嬉しいだろうな……お前も甘えていいよ。見習ったら？」

　俺も甘えて欲しい。

　もっと頼って欲しい。

　……お前の特別になりたいんだ。

　気が緩んでいたとしか、言い様がない。

　失言だと気付いたのは、レキの顔を見てからだった。

「俺、今日は帰る」

　抑揚のない声。傷ついた……顔。

　──しまった！

　ハッとした時にはすでに遅い。

　レキはあっという間にスタボから出て行き、人混みをすり抜けて

いく。慌てて追いかけるが、人が多過ぎて追い付けなかった。
「レキ！」
　呼び止めてもレキは振り向かず、点滅している信号を渡ってしまった。車通りが激しくて渡れない。
　見る見るうちに後姿が小さくなる。

　何をやっているんだ。レキは甘えるのが苦手。理人の事があったから、人との関係に慎重で、甘えたり頼ったりできない性格。分かっていたのに……！

＊　　　＊　　　＊

　次の日の朝、謝る為にバイト先の駐車場で待っていた。
　少ししてから裏口に回ろうとしているレキに気付く。
「レキ！」
　大声で呼び止めると、レキはゆっくり振り向いた。
「……なんだよ」
　目を逸らされて、焦る気持ちが大きくなる。
「昨日、ごめん」
　思いやりのなかった言葉を詫びる。自分の希望をぶつけるばかりで、レキの気持ちを無視した酷い態度だった。
「別に気にしてないし。ていうか、そもそもセフレに甘えるのも変じゃね？」
　不機嫌な顔。突き放した口調。頑なな態度。最初の頃に戻ったみたいだ……
　全然、目が合わない。
「レキ」
　そっと手を繋ぐ。

もう一度、ちゃんと謝らせて……

レキは手を振り払い、背を向けた。

「次のバイトは再来週の火曜日。それまで来るなよ。目立つから」

それだけ言い残し、レキは行ってしまった。

嫌な思いをさせた。

当然だ。なんで、あんな言葉を……

無神経な自分の台詞を思い出し、仕方なく車に戻った。

この状態で距離は作りたくない。きちんと話したい。けれど……

『それまで来るな』

今回は引いた方がいいのかもしれない……

次のバイトはしばらく先。また何日も会えなくなる。自分が悪かったとはいえ、愚かな言動が悔やまれた。

暗い気分で煙草に手を伸ばした。

『見習ったら？』

余計な一言じゃ済まない。

何様だよ。俺にそんな事を言う資格なんてなかったのに。

レキの事、理解した気になっていたんだ。少しずつ心を許し始めてくれていたところに、本当に嫌な一言を言ってしまった。

本当に二週間近く、会えないのか……？

──つい、この前の楽しかった時間が嘘みたいだ。

*　　　*　　　*

連日のように各地で最高気温を更新中。梅雨が明けてからは猛暑が続いている。

正直、俺は参っていた。

あれから約二週間。レキと本当に一度も会えなかった。

一緒に食事やゲームをする事もないし、バイト先に迎えに行く事もできない。

　レキがいない。その事実が俺のバランスを崩す。それでも朝が来て夜が来る。毎日は意味もなく過ぎていった。

　またコンビニ、外食生活に逆戻り。でも一人で作る気にはなれなかった。家にいると余計な事を考えてしまう。

　いつもレキは左側だった……

　ソファに座り溜息をつく。

　夜は長くてなかなか眠れないし、最近、睡眠不足なんだ。

『レキに会いたい』

　伝えたいのに電話番号すら知らない。

　家にいたくなくて、真夜中、コンビニへ行った。デザートコーナーに行き、レキのお気に入りのプリンとチョコケーキを見つける。

　これ食べると、どんなに怒っていても大抵機嫌直っちゃうんだよな。口に入れた途端、笑顔になって……

　重症だ。コンビニのデザート見て、レキを思い出すなんて。

　──セフレでもいい。

　もう何も望まない。

　声だけでも聞きたいんだ。少しでいいから顔を見たい。

　レキ。今、何をしている……？

　お前に会いたい……

　外の喫煙所で煙草を吸っていたら、βっぽい男が隣に来た。

「お兄さん。さっきから、ずっとつまんなさそうにしてるね」

　腕に男が絡みついてくる。

　珍しい。触っても平気なタイプだ。

「ね……一晩だけでいいから。俺と遊ばない？」

「悪いけど」

　あちこち触られて驚く。βなのに、こんなに触っても平気なんて。αならまだしも……

「お兄さん、タイプなんだ。つれなくしないで……」

　絡ませてきた指をそっと離す。

　……面倒くさいな。

　今日は眼鏡だけで、コンタクトはしていないから。

「俺に構わないで」

　眼鏡を外し、目を見て伝えた。

「ダサい振りしてたの？　素顔、滅茶苦茶、格好良い！　お兄さんの目、綺麗だね。宝石みたい……益々興味出ちゃった！」

　驚いた。目もフェロモンも効かない。

　レキと同じ……

　──でも誰でも良いわけじゃない。

「ごめん。好きな子がいるんだ」

　そう伝えると、男は残念そうに帰って行った。

　レキに興味を持ったきっかけは、フェロモンに強い事だった。

　今は他にそういう子がいたとしても……

　口が悪くて気が強い。自由で少し我儘。その裏は素直で優しくて情に厚く、たくさんのトラウマを抱えながら、ずっと頑張ってきた──レキが良い。

　ヤキモチや独占欲で苦しむのは、正直辛い。自分の気持ちに振り回されたって、モヤモヤ悩んだって……それでもレキ以外となんて考えられなかった。

　本当は興信所を使えば、住んでいる場所位、すぐ調べられる。

『次のバイトは再来週の火曜日』
　大人しく待てたのは、レキがそう伝えてくれたから。

＊　　　＊　　　＊

　ようやく火曜日。やっとレキに会える。あの時の冷たい目を思い出すと気が重くなるけれど。
　急いで仕事を済ませ、手を上げタクシーを止める。
「お客さん、どちらまで？」
「駅の北口へ向かってください。区役所の裏にある『Délicieuse pâtisserie』というケーキ屋までお願いします」

　本当に長かった……
　いつも上がる時間の一時間前。駐車場から覗くと、レキの姿が見当たらない。
　バックヤードか？
　店内は混み合っていて満席だった。
「あ……」
　俺に気が付いたのは、レキの事が好きな奴。『店に彼氏をあまり来させない方がいい』と忠告していた、レキより年下の……
「レキは？」
「レキさんは家庭の事情でお休みをしていて」
「事情？」
　男は俺を軽く睨む。
「彼氏なのに知らないんですか？　レキさんが話してないなら、俺からは勝手に言えないです」
　まぁ、尤もだ。痛いところを突かれた。

『次のバイトは再来週の火曜日』

　そう言っていたのに、レキはバイト先にいなかった。

　家庭の事情。出勤できない理由……

　店内を確認するが、事情を話してくれそうな店長やパート、女の子の姿は見当たらない。

　レキは目立つのが嫌い。あまり騒ぎ立てると、本当に事情があって休んでいるなら、後々、迷惑がかかる。

　──明日から仕事でニューヨーク。レキには予定も伝えていない。

　謝る事もできないまま、日本を離れるのは不本意だけれど……

　連絡先が分からない以上、手立てがない。

　俺と凛のシーンだから、穴を開けるわけにはいかないし……

報道

　翌日。休みだと分かっていたが、バイト先に寄ってみた。けれど当然いるはずもなく、俺はそのまま空港へ向かった。

「零士様に会えるかしら」
「一目でいいから見たいね」
　どこから情報が漏れたのか、空港はマスコミも多く、人が溢れ返っていて騒がしかった。
　同じサラリーマンに扮したボディーガードの二人と一緒に注意深く空港を抜けて、機内へ向かう。
　万が一、正体がバレると大変な事になる。毎回の事ながら厳戒体制。一般人に紛れ、スタッフもバレないようバラバラに座り現地のホテルで集合予定。
〈問題なくチェックイン、搭乗したよ〉
　入口前で赤井さんにライムを入れ、スマホの電源を落とした。
　離陸までやたら長い。
　焦っても何も変わらないのは分かっている。けれど落ち着かず時計を見つめた。

『この飛行機は間もなく離陸致します。シートベルトをもう一度お確かめ下さい』
　機内の小さな窓から外を眺める。あっという間に空港が小さくなっていった。
　ニューヨークまで十四時間。簡単には戻れない距離。
　──俺の苦行が始まる。

＊　　＊　　＊

　着いた途端、俺を驚かせたのは『自分自身のスクープ』だった。

『「運命の番」共演者やスタッフとの食事中、零士さんと凛さんは、二人で抜け出し深夜デートをしていたそうです』

　ネットのテレビを見て唖然とする。

　誰だよ。情報を売った奴は。

　打ち合わせも兼ねた食事会で、凛が酔ってタクシーに乗る時、目の前でよろけて思わず手を貸した。それだけなのに、それっぽい写真に驚く。

　凛が一緒に乗ったのは凛のマネージャー。周りにはたくさんスタッフもいたし、俺はタクシーに乗ったわけじゃない。

『いやー。僕はこの仕事長いけど、零士くんの熱愛報道なんて、初めて聞きます……』

『αとΩですし、ドラマと同じく本当に番になるのかも……!?』

『現在、お二人は撮影の為、ニューヨークへ。日本にいらっしゃらないので、真相は謎のまま……』

『もしかしたら熱愛報道の情報が漏れていて、海外へ雲隠れしたのでしょうか』

『零士様はそんな事をしません!!　しかし凛くんを守る為……と言えば、ロマンチックですよね』

『本人不在……理由は定かではありませんが、双方の事務所は黙秘を続けています』

　食事会は一週間も前の話だ。わざと海外に出ている時に報道に踏み切ったに違いない。

　双方の事務所は、大っぴらに俺と凛の仲を否定すれば、一部のドラマファンの夢を壊し、視聴率に影響が出ると考えたのだろう。

　レキは報道を見た……？

このデタラメを信じてしまったら──
　説明したい。でも手段が何もない。
　全てが悪い方向に動いている気がする。

「零士。二十分後に移動よ」
「うん……」
「どうしたの？　浮かない顔ね。スクープの件で彼と喧嘩した？」
「話してない。電話番号、知らないんだ……」
「え……!?」
　赤井さんと話していると控室のドアがノックされた。

「凛です。今、ちょっといいですか」
　訪ねてきたのは、凛と凛のマネージャーだった。
「僕のせいでごめんなさい」
　凛が勢いよく頭を下げた。
「顔を上げて。別に凛のせいじゃないだろ」
「でも……僕が酔ってなかったら、あんな写真、撮られなかった。よろけたのを支えてくれただけだったのに」
　落ち込む凛。
「俺も気が回らなくて、すみませんでした」
　凛のマネージャーまで謝ってきた。
「僕！　日本に帰ったら社長を説得して、必ず噂を否定する機会を作りますから！　駄目ならバラエティとかで、うっかり口を滑らせた風にします!!　零士さん、恋人いるって話してたのに……本当にすみません……」
　凛の声が小さくなる。
「事務所の意向に逆らうのは勧めない。俺達は事務所から仕事を貰ってるわけだし。敵に回しても良い事なんか一つもないから……」

なるべく気にしないよう笑顔を向ける。

　凛はまだ売り出し中。事務所に立て付けば立場が危うくなる可能性もある。

「でっち上げなんだし、やましい事は一つもないだろ？　大丈夫。こんな報道で駄目になるとしたら……それは本物じゃないんだよ」

　そう、本物なら——

「そちらの事務所はどういう意向で？」

　赤井さんが探りを入れるように聞く。

「事務所は熱愛報道を良いＣＭ位にしか思ってません」

　凛のマネージャーがそう話した。

「うちもよ。どこも同じよね。タレントの私生活より視聴率が大事。……不躾な事を聞くけど、凛くんは大丈夫なの？　恋人は怒ったりしてない？」

　赤井さんが溜息をつきながら言った。

　なぜか凛と凛のマネージャーが顔を見合わせている。

「オフレコにしてもらえます？」

　凛のマネージャーが声を落とした。

「えぇ。勿論」

　赤井さんが頷く。

「俺と凛。実は付き合ってるんです」

　凛のマネージャーが照れながら話した。

「え!?　そうなんですか!?」

　赤井さんが素っ頓狂な声を上げる。

「本当に……？」

　俺が聞くと、凛は赤くなって下を向いて頷いた。

　……驚いた。

「なので熱愛報道は全く信じてないです。その場にいましたし」

凛のマネージャーは照れながら話してくれた。
「まぁ、素敵ですね！　公私共に一緒にいられるなんて……」
　凛達とはよく顔を会わせていたからか、赤井さんも自分の事のように喜び、笑顔で嬉しそう。
「実はずっと俺の片思いだったんですよ！　まだね、付き合い始めたばかりで。社長には秘密にしてます……担当を変えられそうな気がするから」
「歳の差、いくつ!?　一回り!?」
　赤井さんが凛のマネージャーへ楽しそうに突っ込む。
「言わないでくださいよ〜」
　凛と目が合うと二人はお互い照れて笑っていた。
　そうだったのか。二人は『恋人』……

　……俺もちゃんとレキと話したい。

知らせ…sideレキ

　その日は夕飯も食べずにシャワーだけ浴びてベッドに入った。

　甘えるのは苦手。末っ子が甘え上手なんて大間違い。

『見習ったら？』

　思い出すだけでムカつく。

　なんで俺が零士に甘えなきゃいけないんだ。

　イライラしながら目を閉じる。

　明日、バイトに行きたくねぇ。零士が来そうな気がする。

　　　　　　　　　＊　　　＊　　　＊

　次の日の朝、店に向かうと──

　予想通り零士の車が駐車場に止まっていた。

　曜日でシフトが決まっているから、こういう時には厄介だ。

「レキ！」

　裏口に回ろうとしたら、気付かれた。

「昨日、ごめん」

　申し訳なさそうな零士から目を逸らす。

　他意がなかった事位、分かっているけれど。

　なんか駄目だ。怒りが抑えられない。

「次のバイトは再来週の火曜日」

　そう伝え、背を向けた。本当は週末も入っていたが、しばらく会いたくなくて嘘をつく。

　試験が近いし、教習所に通い始めたから、忙しいのも事実だし。

　今は何も話したくない……

＊　　＊　　＊

　それから零士と全く会わなかった。お互いの電話番号も知らない
から話もしていない。

　試験で忙しい毎日。あっという間に時間が過ぎる。

　零士は今頃、仕事だろうか……

「あー！　終わった！」

「良かった。やっと遊べる……」

「今回、結果ヤバいかも」

「なぁ、ファミレス行かない？」

「行く行く！」

「レキは？」

　最後の試験が終わり、皆、盛り上がっている。

「ごめん。バイトなんだ。制服、家に置いてきちゃったから取りに
帰らないと」

　断って大学を後にした。

　今日は久し振りのバイト。

　一人は気楽だが、少し寂しくもあった。一緒に飯食ったり、ゲー
ムしたり、何気ない話をしたり……自分で思っていた以上に零士と
の時間は楽しかったんだ。

　あんなに避ける必要はなかったのかも……

　モヤモヤしながら家に帰り着くと、勢いよく玄関の扉が開いた。

「レキ！　電話したのよ！　お父さんが出張先で交通事故に遭った
の！　怪我は大した事ないらしいんだけど、頭を強く打って意識不
明だって……！　今すぐ行かないと！」

　その言葉に、血の気が引いていく。

「テストで音切ったままで……事故に遭ったのはどの位前!? ナオ兄とソナ兄に連絡は!?」

「まだしてないわ！ 今さっき、病院から連絡が来て。どうしよう！ お父さんに何かあったら……う、うっ」

　俺の顔を見て気が緩んだのか、母さんは泣き出してしまった。

「しっかりして、母さん。父さんはきっと大丈夫！ 必要な物だけ持ってすぐに出よう。俺が二人に連絡するから……」

　震える手でスマホをタップする。

『もしもし？ レキ？』

病院

　電話をしてすぐ、爽さんがソナ兄を連れて来た。
「乗ってください」
　新幹線だと乗り換えも多く、かなり時間がかかる。爽さんがこの
まま車で行こうと言ってくれた。
「いいえ。そんな……悪いわよ。車で行くなら私が」
「でも母さんは普段、高速は運転しないじゃん」
　泣いて手も震えている。
　これだと運転は危険過ぎる。俺もまだ免許ないし……
「レキと一緒に後ろにどうぞ。荷物はこれですか？」
　爽さんが手際良く鞄を後ろに入れ、後部座席のドアを開けた。

　ナオ兄は出張で県外。現地で待ち合わせる事になった。
　車の走行音だけが響く。皆、不安な気持ちで無口だった。
　その時、自分のスマホが鳴り、ドキッとする。
　画面の表示を見て、焦った。
【店長】
　しまった！　店に電話していない！
　慌てて画面をスライドした。
「店長！」
『レキくん？　いつも結構早めに来るのに……普段、来る時間に来
ないから心配になって』
「実は父が──」
　急いで事情を伝える。
　──本当に失念していた。

明日は水曜日で元々休み。土曜日からはじいちゃん家に行く予定で、前日から休みを取っていたから……今日と木曜日の代理を立てられれば。

「今から変わってくれる人を当たってみます。あと急に休むと迷惑を掛けてしまうので明後日の分も。代わりの人を見つけたら、改めて連絡を──」

『そうだったのか。そういう事情なら、こっちの事は気にしないで。僕が代わりを見つけておくから。山本さんや石川くんがシフト増やして欲しいって言ってたんだ。声をかけてみる。お父さんの側にいてあげて』

　申し訳ない気持ちでいっぱいだったが、店長が優しく話してくれ、ほっとする。

「本当にすみません」

『大丈夫。今、シフト確認していて……元々、金曜から一週間休みだったんだね。早くお父さんの意識が戻るといいけど。レキくんも心配だと思うけど、きちんと休んで』

　店長が気遣ってくれた。

「ありがとうございます。休んでばかりで、すみません。よろしくお願いします」

　感謝しつつ電話を切った。

　後で改めてお礼をしよう……

　　　　　　　＊　　　＊　　　＊

　病院に着き、急いで中に入る。

　じいちゃん、ばあちゃん、ナオ兄達は先に着いていた。

「状態は落ち着いてるけど、まだ目を覚まさないらしい」

　じいちゃんが神妙な顔をして話す。

ばあちゃんは真っ青だ……

「こんばんは。ご無沙汰しております。こちらの病院も付き添いの泊まりができないそうで……念の為、一番近いホテルを予約しておきました」

　夏陽さんが頭を下げた。

「……ありがとう。私、全然、気が回らなくて」

　そう言う母さんの顔色も悪い。

「いいえ。俺もナオトの時は何も考えられませんでした。お義父（とう）さん、心配ですね……手続きは済んでいるので、行きましょう」

　入院手続きは夏陽さんが済ませてくれたようだ。

　前にナオ兄が階段から落ちて意識不明になった時の事を思い出し、体が震える。

　面会を許された時間はたった十分。怪我はほとんどしていなかったが、父さんは面会中、声をかけても目を覚まさなかった。

　不安な気持ちを残してＩＣＵを出る。

　ふらふらしているソナ兄を爽さんが椅子に座らせ、皆も無言のまま腰を下ろした。

　しばらく言葉が出なくて、ぼんやりしてしまう。

「先にホテルへ行かせてもらうよ」

　心配のし過ぎのせいか、ばあちゃんの具合が悪くなってしまい、じいちゃん達は早々に病院を出た。

「母さんは病院に泊まれないか、交渉してみるわ。あなた達も夏陽くんが予約してくれたホテルへ……」

「俺も残るよ」

　その言葉に母さんは首を振る。

「本来、泊まりはなし。大人数で残ったら迷惑よ。少しホテルで休

んでらっしゃい。『父さんは大丈夫』そうでしょ？　夏陽くん、爽くん。申し訳ないけど、息子達をお願いね」
　いつも、おっとりしている母さんのいつになく強い口調。
　仕方なく頷いた。

　ホテルへ移動し、簡単にシャワーだけ済ませ、ベッドに入る。
　……体は疲れているのに眠れない。

＊　　　＊　　　＊

　心配と不安で結局ほとんど眠れず、朝を迎えた。
　朝方、不意に電話が鳴って緊張が走る。
『お父さんが目を覚ましたわ！』
　よ……良かった……
　母さんの言葉に、安堵で力が抜ける。
　すぐ病院へ向かった。

「夏陽。一緒に来てくれてありがとう」
「当たり前だろ」
　ＩＣＵに移動中、ナオ兄と夏陽さんが寄り添って話をしていた。さり気なく手を繋いでいる。
　……でも本当に安心した。
　ソナ兄はほっとして泣いている。爽さんが腰を抱きながら涙を拭いた。こっちも相変わらず。人の目も気にせずイチャイチャと。そして過保護。
　ナオ兄もソナ兄も幸せそう……
　間に纏う優しくて穏やかな空気。心配していた二人の兄達はいつの間にか結婚、婚約。お互いなくてはならない存在になり、見えな

い絆で結ばれている。

　悩み事があると、よく兄弟三人で集まって色々話したっけ。

　二人が幸せそうで嬉しい。でも、ちょっと寂しいかな。俺もブラコンなのかも……

「皆、心配かけて悪かったな」

　血色も良く、いつもと変わらない口調。父さんの顔を見て、こっそり神様に感謝した。

「あなた、良かった……もう！　心配させないで……」

　母さんはまた泣いてしまい、その場は安堵に包まれた。

　頭を打っているから、検査入院になるらしい。母さんだけ一緒に残る事が決まった。

関係

　夏陽さんがナオ兄と一緒に、じいちゃん達を新幹線の最寄り駅まで送ってくれる事になり、病院で解散した。
「ごめんね。爽さん。俺まで……」
「気にするな。家も近いし」
　俺は行きと同様、爽さんの車に乗せてもらった。
「父さん、元気そうだったし、怪我も大した事なくて本当に良かった。安心したらお腹空いちゃった」
　ソナ兄が腹を擦る。
「そういえば朝、食ってなかったもんな。よし、次のインターチェンジで食べよう」
　爽さんの提案で食事休憩をする事になった。

＊　　＊　　＊

　やけに賑わう食事処。どこも長蛇の列。物凄く混雑している。
「俺が並ぶから二人で席取っといて」
「爽さん、ずっと運転してくれてるし、俺が行ってくるよ」
「いいからいいから。こういうのは男の役目だって！」
「……爽さん。俺も男だけど」
　ジロリと睨む。
「はは。じゃあ、飲み物だけ頼んでいい？　カフェオレよろしく。昨日から心配で碌に話もしてないだろ。待ってる間、お喋りでもしてたら？」
「……お言葉に甘えて」
　爽さんの気遣いに頷いた。

「経過はどうなの？」
　飲み物だけ買い、二人で端の席に座った。
「順調だよ。爽ちゃんも一緒に検診に付いてきてくれたり、父親講習会も必ず来てくれるんだ」
「爽さんは子煩悩なパパになりそうだよね」
「それだけじゃないんだよ。家事もほとんど全部やって、体に良いものたくさん作ってくれる。最近、すっごく優しくて」
　嬉しそうにソナ兄が話す。
「はいはい。優しいのは前から。惚気はいいから！」
「や、やだな。惚気てないよ。でもね、病院で一番格好良くて優しくて頼りがいがあるって、色んな人に言われるんだ」
「それが惚気」
　幸せそうなソナ兄に突っ込む。
「レキは？」
「へ？」
「今日こそ聞かせてもらうよ！　前に爽ちゃんが見た人って……零士様なんだよね？　『どう見ても彼氏だった』って言ってたけど、本当にそうなの!?　友達とか知り合いじゃなくて？　最近、泊まりばかりで恋人できたみたいって、少し前に母さんも言ってたよ！　まさか本当に零士様と……？　付き合ってるの!?　前に電話で問い詰めた時、『セフレ』って言ってたのは!?」
　ソナ兄の怒涛（どとう）の追求に思わず固まってしまう。
　……みょ、妙な質問きた！
　ソナ兄は中学生の頃から零士のファン。セフレなんて言ったら、幻滅してしまうだろうか。
　上手く説明できる気がしない。本当の事を言うのはやめておこう。
「あ、いや。あの時は否定するのが面倒で時間もなかったし。つい

適当に……その、飲み友達……スイーツ仲間？　甘い物好きなんだよ。あんな顔して。あいつ、ほら。すげー売れてるだろ？　初めて会った時、変装してて気が付かなかったんだ。飲み屋で何回か一緒に飲んだのが、きっかけで……ケーキ行ったりテニスしたり？」

　若干、挙動不審になってしまったが、嘘ではない。

「芸能人だとは思わないまま、何回か会ったんだ。俺が全然、気が付かなかったのが面白かったみたいで。彼氏って思われたのは、夏陽さんが俺を心配して零士を威嚇したから。そしたら零士もαだから対抗して……まぁ、ナンパと勘違いして心配したのかも？」

　しどろもどろ言い訳をする。

「レキ」

「……うん？」

　なんか変な汗かいた。

　意味もなく、前髪をかき上げる。

「零士様の事が好きなの……？」

　は？　『好き』？

「ぶっ！　ゴホッゴホッ！」

　思わずメロンソーダを吐き出しそうになる。

「は……な、なっ!?　なんて!?」

　予期せぬ言葉とあまりの脈絡のなさに、軽くパニックになる。

「好きなの？」

　ちょっと嬉しそうにソナ兄が笑う。

　誰が、誰を……？

　今の答えでどうやったら、そういう結論に至るんだ。

「ま……まさか……！　んなわけねぇだろ！」

　慌てて否定するけれど、ソナ兄は滅茶苦茶、笑顔だった。

「ちょ……何、ニヤニヤしてんの。違うからね!?　飲み仲間って言

ってんじゃん！　何を勘違いしてるか、知らないけど――」
「ふふっ。照れてるレキ、可愛いなぁ。なんか俺、お兄ちゃん気分
……いつもはレキの方がしっかりしてるし」
「違うってば！」
　ソナ兄はすぐ恋愛に結びつけようとして！
　盛大な誤解。否定しても、笑顔で躱されてしまった。
「爽ちゃんの話だと……零士様の前で飾ってないし大人しくもない、
言葉遣いとかいつも通りだって聞いた。……αなのに繰り返し何度
も会うなんて――」
「違う‼」
　力の限り否定するけれど、ソナ兄の口が緩んでいる。
「大丈夫。分かった」
「何が⁉」
　何かを悟ったかのように穏やかな表情。
　困っていると、テーブルにトレイが置かれた。
「おー。なんか盛り上がってるな。なんの話？」
　爽さんが戻ってきた。
　あー！　もう何これ‼　帰りたい……‼

報道

「送ってくれてありがとう。爽さん」
　やっと我が家に帰り着き、礼を伝える。
「母さん達、今日いないから、うちに泊まったらいいのに……」
　ソナ兄は少し心配そう。
　また、からかわれたくないし。
「たまには一人でのんびりするよ。ありがとう」
　二人を見送り、玄関の鍵を開ける。
　疲れた……
　鞄をソファに放り投げて、テレビを点ける。
「ふぁ……」
　眠い。昨夜はほとんど眠れなかったし……
　そう言えば、零士はどうしているかな。
　火曜日にバイト行くって言ったのに、父さんの事故の事があった
から、結局、行けなかった。
　父さんの事故で、じいちゃん家に行くのはなくなったけど、バイ
トは来週末まで休み。
　零士との接点がない。
　あいつ、心配しているかも。零士の家に行ってみようか……

『零士様の事、好きなの？』
　突然、ソナ兄の言葉を思い出してしまう。
　——違う。なんで、そうなるんだ。
　零士と一緒にいるのは楽しい。αのくせに良い奴だとは思う。
　……でも、そういうのじゃない。

『嫉妬したんだ』

『俺だけにして』

　今度は……零士の言葉。

　ね、寝よう。俺は疲れているんだ。

　目をぎゅっとつぶる。

　テレビ切らないと……

　そう思うけれど疲れも手伝い、そのまま意識がゆっくり落ちてい
く。心地良い微睡みを感じつつ、抵抗せず意識を手放した。

＊　　＊　　＊

　どの位、眠っていただろうか。

　騒がしい音に目を覚ました。

『──まさかの！』

　テレビの音がうるさい。

　今、何時……？

　もう外は暗く、夜になっていた。

　点けっぱなしだったテレビがやけに盛り上がっていて、目を移す。
【今夜は生放送！　速報！　噂の二人、遂に熱愛報道!!】とテロッ
プが出ている。

　最近、流行っている芸能人の噂話を検証したり、面白可笑しく話
す番組か。……っていうか、芸能人の誰と誰が付き合ったとか、ど
うでも良くね？　よく、こんなので泣いたり興奮したりするよな。

　チャンネルを変えようとして、不意に手を止める。

『では発表致します！　今回の大スクープは……なんと天下の零士
様の熱愛報道──!!　お相手は「運命の番」で相手役。好感度も高
く、守ってあげたいタレントＮＯ.１の凛くんです!!』

画面に目を奪われる。
　それは、二人が深夜デートをしていたという内容のものだった。
　呆然としたまま、テレビを見つめる。
『零士様の熱愛報道は初めてです！』
『本当に番になるのでは!?』
　司会者達は興奮気味に盛り上がっていた。
　番……？　零士と凛が……？
　そこで今、日本にいない事も知った。
　連絡は取れなかったし、無視していたのは俺の方だけれど……

『双方の事務所は黙秘を続けています』
　否定しないって事は……
『これは帰国後、会見が開かれるかもしれませんね！』
『もしかしたら交際宣言の会見とかもあるかもしれません。まさかの結婚発表だったりして!?』
　結婚……？
『零士様に恋人ができたら嫌。でも、凛くんなら許せるかも……そんな方も多いのでは!?』
『ドラマファンなら必見！』
『今夜は視聴者の皆様の知りたい部分を紐解いていきます！』
　そして画面はＣＭに切り替わった。

　相手役の凛と熱愛報道……
　こういうの、何割かはデタラメだって聞いた事がある。
　……でも。
　ドラマでお互いを幸せそうに抱きしめてたシーンを思い出す。あれが演技じゃないとしたら……
『二人の初めての共演は零士くんが小五、凛くんが小一の時。その

後も何度か共演しています。長い間一緒にいて、少しずつ愛が芽生えたのでしょう。いやー。素敵ですよねぇ』

『凛くんの方は主演は初めて。「運命の番」のキャストが決まった時、「零士さんにずっと憧れていたので感激です」と涙ながら言われたそうですよ。長年の想いが叶ったのかもしれませんね！　益々、応援したくなります』

　その後は、過去に共演した映画やドラマ、『運命の番』のシーンがいくつも流れた。

　結構、長い付き合いなんだ……

　控えめな笑顔。守ってあげたくなるような華奢な体。なんて可愛い人なんだろう……

　大きい瞳に長いまつ毛。細い肩と小さい手。白く透けるような肌。

　零士が触れるだけで、色白な頬が赤く染まる。

　ドラマを一緒にやっていて、耐性もあるなら──

『お前みたいな奴を探してた』

『俺、寂しかったんだ……』

　零士の言葉を思い出す。

　──なんだよ。別に俺だけじゃないじゃん。

　何を動揺しているんだ。自分で言ったんだろ。『セフレなら』『恋人はいらない』って……

＊　　　＊　　　＊

『梅雨が明け、厳しい暑さが続いております。明日もお出掛けの際は水分補給に気を付けましょう』

『本日19時からの「ドラマティックＲＲＲ」では「運命の番」の零士さんをゲストとしてお迎えしております。是非、ご覧ください』

それを聞いてテレビを切った。

あれから、ずっと零士と会っていない。

さっさと忘れてやりたいのに……

連日、テレビで騒がれているし、外に出たって街角のポスター、看板。どこにでも零士がいる。

元々、住む世界が違ったんだ。トップスターの家を出入りしていたなんて。

まだ海外だろうか。それとも日本に戻ってきた……？

……零士のバーカ。

迷ったけれど、会いに行かなかった。

零士は俺の連絡先も家も知らない。知っている唯一のバイトもしばらく休み。

バイト先の人に頼んで、『やめた』って零士に伝えてもらおう。皆には色々突っ込まれるかもしれないが、接点はなくなる。

約束の日にバイトへ行かなかった。その時点で『会いたくないから嘘をついた』そう思われてもおかしくない。

　　　　　　＊　　　＊　　　＊

やけに体が火照ると思ったら、予定より早く発情期が来た。

珍しい。いつもズレたりしないのに。

抑制剤を口に入れ、水で流し込む。

カレンダーにふと目をやる。

明後日は誕生日。21歳になる。

『誕生日プレゼント、何が欲しい？』

笑顔の零士を思い出す。
結局、何も答えなかったな。今更だけれど……
別にいいじゃん、あんな奴。きっと凛と仲良くしてんだろ。
あいつは俺に連絡先を聞かなかった。
……俺から連絡しなければ終わる。

鍵、返さないと……
合鍵を握りしめる。
気は重かったが、零士の家に向かった。

【9.Message】

ワイドショー

　うだるような暑さの中、黙々と歩く。強過ぎる日差しとアスファルトの照り返しのせいで、目眩がしそうだ。

　久し振りの零士の家。いつもなら仕事中。不在の時間に向かう。

　インターホンを押して応答があれば、ダッシュで逃げて後日にする予定だった。

　しばらく待っても何も返事がない。

　――良かった。留守だ。

　合鍵を取り出し、施錠を外す。

　静かな室内。何度もここへ来ていたのが嘘みたいだ。

　ふと思い出したのは、白熱したテニスとゲーセン。よく二人で見ていたバラエティ番組。やりかけのゲーム。

　約束していた教える予定の料理。行くはずだったディズミーランドとナムトの室内遊園地。

　零士との事を思い出したら、少しだけ寂しくなってくる。

　テーブルに鍵を置いて家を出た。こんな時、オートロックで良かったと思う。

『汚くない』

『レキは綺麗だよ』

　零士のくれた言葉をそっと思い出す。

　あんなα……初めてだった。

　最後に一度だけ振り向いて、玄関を見つめた。

──きっと、もう来る事はない。

　夜の街をふらふら歩く。
　今まで、ずっと一人だった。昔に戻るだけ……
「ねぇ」
　腕を掴まれて振り向く。
　そこにはαの男がいた。零士とは正反対のチャラそうな男。
「さっきから、ここ通るの二回目だよね。君、すごく可愛いね。そ
んな首輪見せつけてナンパ待ち？　飲みに行かない？」
「俺、予定があるんです」
　目一杯、申し訳なさそうに言う。
「少し位いいじゃん」と食い下がらないαの男。
「すみません……」
　ただ、ひたすら謙虚に謝る。
「……チッ」
　何度も断り謝ると、αは舌打ちをして去って行った。
　αと揉めないように、ぶつからないように、目をつけられないよ
うに、いつも気を張っていた。
　零士に対しては最初から猫を被れなくて、素だったっけ。あいつ
は俺の生意気な態度に怒るわけでもなく、いつも笑っていた。
　変なαだったな。αのくせに気性は穏やか。意外と悪戯好きで、
実は笑い上戸。料理は練習しても下手で不器用。でも俺と一緒に料
理するのは楽しいって言っていた。
　もう零士の残念料理、見られないのか……

　楽しそうに笑う零士を思い出す。
　唇を噛んで下を向いた。
　思い出すなよ。そんな事をしても意味なんてないのだから……

ダサいβ引っ掛けてやろうと思ったのに、モヤモヤしてできない。

仕方なく家に戻った。

母さんはまだ仕事か……

父さんは結局、一日検査入院して、出張先に戻ったらしい。

静か過ぎる室内に一人。突然、スマホが鳴り、ドキッとする。

まさか……違うか。あいつ、俺の番号なんて知らないし。

画面にはソナ兄の名前があり、スライドし耳に当てた。

『レキ!!』

急なソナ兄の大声に驚く。

「な……何？　鼓膜破けるだろ」

『今すぐテレビ点けて!!』

「なんで」

『いいから!!　早く!!』

珍しく物凄い剣幕。

指定されたチャンネルはワイドショー。よく分からないまま、テレビを点けた。

『……では!!　もう一度、例のシーンをご覧下さい！』

女子アナが興奮気味に話す。

映ったのは──零士だ。

ソナ兄は俺達が付き合っていると思い込んでいたから、熱愛報道で心配したのかも……

テレビに背を向け、冷蔵庫からピッチャーを出す。グラスを取り出し、お茶を注いだ。

『本日は生放送でお送りしてます』

『ゲストは今、ドラマで大ブレイク中の零士さんです！』

『いや～。本物は格好良いですね！』
　有名どころのバラエティの大御所、人気のお笑い芸人、好感度の高い女子アナ、やり手の芸能レポーター、面々は俺でも知ってる位、顔の売れているメンバーばかり。
　所詮は住む世界が違う『芸能人』。

『レキ』
　テレビから聞こえた零士の声。
　バシャッ……！
　ビックリして思わずお茶を零した。
　────え？
　振り向きテレビを見ると、目に入ったのは真顔の零士。
　今、俺の名前……

『俺が悪かった。家に戻ってきて。……お前に会いたいんだ』
　は……はぁ────!?
『レ、レ、レキさんとは、誰の事ですか!?』
　焦ってどもる女子アナ。
『俺の猫です』
　しれっと零士が答える。
　だ、誰が猫だ!!　しかも『俺の』って……！
『意味深ですね!?　もしや恋──』
『おっと！　事務所からＮＧが入りました!!　爆弾発言は無許可だったんですか!?　詳しく聞きたいっ！』
　テレビの中ではゲストや観覧者達が大騒ぎ。
『先程のシーンをノーカットでお送りしました！　ここでＣＭです!!　チャンネルはそのままで……！』
　女子アナが早口で話した。

194

突然のテレビでの零士の発言。
　——知らなかった。人間はあまりに驚くと声が出なくなる。
　次に流れた時には名前の部分だけ、音声が消されていた。繰り返し映像が流れる。
『もしかして熱愛報道で喧嘩別れしてしまったんですかね』
『全国ネットでラブコール！　素敵過ぎます!!』
『ドラマの恋人役だから強く否定もできず……？』
『零士さんの熱愛報道も初めてでしたが、このような行動をされるなんて……！』
『あえて演技以外では目立たないようにしてる気がします。そこも零士様の魅力でしょう』
『今回のはお相手に本気だと伝えたいのかもしれませんね』
『その方が羨ましい!!』
『応援したいと思ったファンの方も多いんじゃないでしょうか！』

　おいおい。物凄い騒ぎだけれど、大丈夫なのか？　現実……？
　——あいつ、全国ネットで何やってんの。常識はどこに行った。

　俺の名前と意味深なメッセージ。あまりの事態にどうしたらいいのか分からず、ただ呆然と画面を見つめた。

事情…side零士

　仕事は予定通り土曜日に終わり、夕方、日本へ戻ってきた。この時間なら、レキはバイトのはず。
　今日は地味めなサラリーマン。変装したまま空港から真っ直ぐ『Délicieuse pâtisserie』に向かった。
「お一人様ですか？」
　いつもいるパートの小林さんに話しかけられてしまう。
「はい」
　客に間違われて、席に座る。
　レキは今日もいない……

「レキくん、だいぶお休みしてるね。試験、終わったんじゃないの？　しばらく会ってないけど」
　シルバーを拭きながら小林さんが話す。
　レキの名前に自然と耳が傾いた。
「事情あるらしいよ。実は──」
　今度はパートの佐藤さんだ。
「……が……だって……」
　ちょうど隣のお客さんが盛り上がっていて、聞き取れなかった。
「彼氏さんも全然来なくなっちゃったし」
「本人がいないんだから仕方ないわよ」
　彼氏？　あぁ、俺の事か……
　グラスを口に近付ける。
「黒髪のイケメンαが来た次の日からよね」
「駐車場で話してるところを見たんだけど、揉めてたみたい」
「前は頻繁にここに来てたのに」

196

「週末、レキくんがバイトの日も彼、来てなかったし、喧嘩してるのかも」

　あの後、バイトがあったと聞こえて、ショックを受ける。

　しばらく休みだと嘘までついて……

　そんなに俺に会いたくなかったのか。

「私、別れたって聞きました」

　次に口を開いたのはバイトのまりちゃんだった。

「誰から⁉」

「進さんから。いつだったかな……レキさんが休んでる事情を全然知らなかったみたいだから、多分、別れたんだって嬉しそうに言い触らしてました」

「確かに恋人なら、あんなに大きな事情知らないわけないか……あ！　いらっしゃいませー！　何名様でしょうか？」

　小林さんはお客さんを案内している。

　そこで話は終わってしまった。

「お待たせ致しました。カプチーノでございます」

「どうも。あの……レキくんはお休みですか？」

　我慢できず、飲み物を持ってきてくれた佐藤さんに聞いてみた。

「えーと、その……私も詳しく知らないんです」

　佐藤さんは困った顔でお辞儀をしてから、逃げてしまった。

「Ａ３のお客様にまた聞かれちゃった」

「何を？」

「レキくんの行方（ゆくえ）」

　キッチンの方から、小林さんと佐藤さんの声がする。

「私も何回か聞かれた。レキくん、どうしてこんなにお休みしてるのかって……」

「店長から言わないように言われてるもんね」
「レキくん、可愛いから狙われたりしたら大変！」
「彼氏できてから減ったけど、前はストーカーっぽい人もいたし」
　そこでタイムアップ。仕事の時間になり、仕方なく店を出た。

＊　　＊　　＊

「カット！　零士くん？」
　ハッとして顔を上げた。
　部屋のセット。照明と反射板。向けられたカメラ。ドラマの収録中、心配そうな顔をした監督と目が合う。
　──しまった。台詞が飛んだのなんて、記憶にある中では初めて。
「申し訳ございません」
　すぐに周りの共演者やスタッフにも謝った。
「もしかして体調悪い？」
「すみません。大丈夫です！」
　監督に言われ、慌てて返す。
「……念の為、少し休憩にしようか」
　監督からの言葉に頭を下げる。
　普段ＮＧを出さないからか、心配され気を遣われてしまった。
「大丈夫!?　何があったの!?　台詞抜けるの、初めて見たわ……」
　赤井さんまで動揺。とりあえず控室に移動した。

「あれから連絡が取れない？　レキくんと？」
「しばらく話してないし、顔も見てない」
「そうだったの……なんか元気ないとは思ってたけど」
「つい、この前まで楽しそうにしてたのに。もしかして喧嘩しちゃったんですか？」

和葉が聞いてくる。
「喧嘩っていうか。思いやりのない一言で怒らせて、そうこうしてるうちに、凛とのスクープ」
　気が重くなりながら説明した。
「海外にいて否定できなかったせいで……？」
「『運命の番』の通り、結ばれて欲しいってファンも多いから……事務所もはっきりと言わなかったし」
　優実と優花が次々に話す。

「テレビの生番組で『ごめん。俺が愛してるのはお前だけ。戻ってきてくれ！』って言うのは、どうですか!?」
　和葉が興奮気味に言ってくる。
「やだー！　嬉しくて倒れちゃう！」
　赤井さんまでノリノリ。
「そんな事されたらキュン死ですよ〜」
「やーん。ロマンチック！」
　双子もうっとりしている。
「それは、事務所にも赤井さんにも迷惑かかるでしょ。俺だけの話じゃないし」
　俺の言葉に赤井さんが笑う。
「別にいいんじゃない？　そんなラブコール見たらファンじゃない人も『運命の番』見ちゃうかも。視聴率も上がったりして。社長は怒るだろうけど……零士は与えられた仕事はいつも文句も言わず、きちんと完璧にやってるし、一生に一度位、我儘も許されるわよ。寧ろ、やりたいようにやっていいと思う。あ！　勿論、私達、知らなかった振りをするわよ。クビになりたくないしね」
「赤井さん。そこはなんとしてでも俺を止めないと」
　呆れて肩を落とす。

……テレビでラブコール？

　赤井さん達はキャッキャッと楽しげに話している。

　俺を心配して言っているのは分かった。和葉や双子にも悪いけれど——そんなのできるのは自分に酔っている奴だけ。

　普通、有り得ない。どんなにテンション上げたって無理。

　それに赤井さんや社長だけじゃない。事務所のメンバー、監督、共演者、視聴者、どれだけの人に迷惑かけるか。

　俺はその瞬間までそう思っていた。

合鍵

『ニュースをお知らせします』
『昨夜未明、監禁されていたΩが保護されました。被害者は実に18歳から23歳までの五年間、一歩も外に出ていなかったそうです。容疑者であるαの男は──」

　点けっぱなしのテレビに目をやる。

　次第に焦りが募る。

　こんなに長いんだ。もしかしたら犯罪に巻き込まれて──

　レキはΩ。最悪の事態は考えたくないけれど。

＊　　＊　　＊

「すみません。この子の居場所を調べてください。早急に」

　興信所に行き、レキのフルネーム、年齢、誕生日、大学名が入った紙を手渡す。

　倫理に反している。でも心配で心配で堪らないんだ。無事を確認するだけ……

　興信所を出て、また仕事。なのに台本と進行表を家に忘れたらしい。空っぽの鞄を見て、落ち込む。

　忘れ物なんていつもは絶対にしないのに。

　流れは頭に入っているが心許ない。時間に余裕もあるし、念の為、家に取りに戻る事を決めた。

　トーク番組『ドラマティックＲＲＲ』には、ドラマの番組宣伝の為、ゲストとして出演。間違いなく凛との報道について突っ込まれ

るだろう。
　本番は7時。入りは5時。すぐにリハだから……
　時計を確認し、車から降りる。
　水曜日。いつもならレキが家で待ってくれていた。
　ふとした瞬間に思い出すレキとの時間。苦い気分でマンションのエレベーターのボタンを押した。

　玄関を開けたら、微かに甘い香りがする。
　──この匂い！
「レキ！」
　慌てて家に入るが、リビングは真っ暗だった。
　いない。でも今さっきまでいたような……
　急いで電気を点けると、テーブルに置いてあるキーケースが目に入る。それはレキに渡した物だった。

『もう会わない』その意思表示なのか。
　これでレキが家に来る事はなくなる。唯一の繋がりを返されてしまった。メモも何も無い。呆気ない幕引き。
　バイトも辞めるつもりなのかもしれない。自分の痕跡を残さず、最初からいなかったかのように。

　一緒の時間を大切にしていたのは……
　温かいと感じていたのは……
　俺だけだった？

『零士』
　レキの笑顔を思い出す。
　……いや。簡単に諦めたりしない。

ワイドショー

　考えるより先に体が勝手に動く事がある。

　大事にしていたものはたくさんあった。『運命の番』を一緒に作り上げてきた共演者やスタッフ。俺を育ててくれた事務所。関わってきた大事な人達。

　──芸能界。俺の日常で生きる場所。

　別に天秤（てんびん）に掛けたわけじゃないけれど。

『レキに会いたい』

　その時、俺の中にはそれしかなかった。

　テレビで呼び掛けたら、大騒ぎじゃ済まない。

　リハーサルは普通に行う。

　ドラマの映像を流すから、俺が話せるのは始まりの数分と終わりの番宣のみ。

　電光掲示板が点灯する。

「1カメからです。本番10秒前。7、6、5、4……」

　スタッフが指で3、2、1と伝えた。

【本番中】

　緑色のランプが点く。

　指定されたカメラを見て笑顔を作る。

「本日は生放送でお送りしてます」

　始まった。時間は予定通り。チャンスは一度きり。

「ゲストは今、ドラマで大ブレイク中の零士さんです！」

「いや〜。本物は格好良いですね！」

　司会者のお世辞に軽く頭を下げる。

　今までずっと真面目に働いてきた。こんな仕事をしていて変かも

しれないけれど、目立つのはそんなに好きじゃない。
　それでも——

「レキ」
　カメラを見つめて覚悟を決める。
『全国ネットで名前を出すなよ！』って怒るかな。
　レキはテレビを見ていないかもしれない。でも、ずっとファンだと言ってくれていたソナタくんがきっとこの呼び掛けに気が付いてくれる。そう信じるしかない。
「俺が悪かった。家に戻ってきて。……お前に会いたいんだ」
　なるべくスタッフや出演者に迷惑を掛けないように。できるだけドラマとは無関係に。恋に溺れて馬鹿な事をする、ただの男として。
　——これは賭けだった。
　返された合鍵。フェードアウトを狙うレキ。
　俺に腹を立てているのもあるかもしれないけれど、凛との報道を真に受け遠慮して身を引いた可能性もある。
『レキに会いたい』『謝りたい』という俺からのメッセージ。
　レキの名前を出したのは……
　まるで一緒に住んでいるように話したのは……
　怒って文句を言いに来て欲しいと思ったから。

　一瞬、その場がシンとして、皆、俺の奇行に目を丸くしている。
「レ、レ、レキさんとは、誰の事ですか!?」
　台本にない俺の台詞に焦ってどもる女子アナウンサーへ、とびきりの笑顔を返す。
「俺の猫です」
『猫じゃねぇって、言ってんだろ！』『誰がお前のだ！』レキがそう言ってくれたらいい。

会場内は大騒ぎ。CMに入りカメラが止まる。

　後ろを向き、ゲスト、観覧者、スタッフの方を向いた。

　自分がやった事はたくさんの人の信頼を裏切るもの。こんな真似、どんな理由があっても許されない。

「ご迷惑をお掛けして、申し訳ございませんでした。番組を台無しにする発言、個人的な感情で台本と違う話をしてしまい、本当にすみません」

　深々と頭を下げると、その場が静寂に包まれた。

「零士さん。社長がお呼びです」

「はい」

　本番中に呼び出すのか。でも想定内。この後は『運命の番』過去のシーンを流す予定だったし。

　生番組で大暴走。流石に減給じゃ済まないだろう。

「失礼します。零士です」

　待機していた社長の控室に入る。そこにはすでに赤井さんも呼び出されていた。

　……赤井さん、ごめん。

　心の中で謝る。

「この度は勝手な事をして申し訳ございませんでした」

　反省の意を込めて、頭を下げた。

「顔を上げろ。やってくれたな、零士」

　半分、呆れ顔の社長と目が合う。

「今、CM終わって、過去の『運命の番』の見所シーンを流してるところなんだけど……視聴率物凄い事になりそうだぞ」

　社長がニヤニヤ笑う。

「すでにネットで大騒ぎ。ルーチューブとかツイットーとかで、バズってるらしい。普通のバラエティじゃ、有り得ない状態だ」

　視聴率が上がりそうとの事で社長は上機嫌だった。

「まぁ、責任は取ってもらうぞ。後日、謝罪会見を開いてもらう。赤井、Ｒテレビと交渉して来い」

「はい。社長！」

　そう言って赤井さんはスマホを取り出した。

「……もしもし。プロダクションＲＲの赤井です。いつも、お世話になっております」

　赤井さんは早速、電話をしている。

「零士はとりあえずスタジオに戻れ。さっきの何度か繰り返し流して……今日はこれ以上、真相について話すな。突っ込まれたら『後日、詳しくお話します』って言っとけ」

＊　　＊　　＊

　社長の言った通り、俺が抜けている間に、さっきの映像を何度も流したようだ。圧力をかけたのか、その後は誰一人、一切その件に触れてこなかった。

　最後に番宣をして、予定通り撮りを済ませる。

　再度、観覧者、スタッフに謝った後、赤井さんと一緒にプロデューサー、ディレクター、スポンサー、番組関係者の所へお詫びをしに行った。

　視聴率の上昇が見込まれていて、怒ってはいなかったが、心から謝罪をする。

「……ごめん。赤井さん」

控室に戻る途中、再び謝った。

　多分、今後、赤井さんも色々な人から、なんだかんだ言われるに違いない。

「いやー。面白いものを見せてもらったわ。まさか本当にやるとは……ふふ」

　赤井さんは大した事のない話をしているように笑った。

「俺——」

「大丈夫。そんな顔しないで、零士。あなたがそういう相手に出会えて嬉しいわ」

　そう言った赤井さんの顔は晴れ晴れとして、申し訳ない気持ちとありがたい気持ちになる。

「ごめん。ありがとう……」

「変装、必要ですよね？」

　控室の前で和葉と双子も待っていてくれた。

　着信音がして、鞄からスマホを取り出す。

　画面を見ると、【興信所】と出ていた。

　レキの住所が分かったのかもしれない……

『もしもし。例の件の調べがつきました』

　安堵と同時にハッとする。

　迂闊だった……！

　名前を出した事で、マスコミが動く可能性もある。万が一、レキの家まで辿り着いてしまったら——

　レキの家族もしばらくホテルに泊まってもらった方が安全だろう。

　焦る気持ちで交渉を始めた。

「今すぐ受け取りたいのですが」

『場所はどう致しますか？』

「——の駐車場で」

事務所から少し離れたファミレスを指定する。

* 　 * 　 *

出入口は正面も裏もマスコミっぽい集団で溢れ返っていた。

ゴールドのワンピースに洒落たサングラス。真っ赤な口紅とピンヒール。芸能人に紛した赤井さんと、そのお供をするアシスタント兼荷物持ち風に変装した俺は、正面玄関を突っ切った。

「おい！　誰か、出てきたぞ」

「あれ、誰？」

「売り出し中の女優か？」

「見ない顔だな」

「芸人だったりして……」

「一応、聞いとくか」

「すみません！　俳優の零士さんの件はご存知ですか!?」

「いいえ。天下の零士様がどうかしたの？」

余裕たっぷりに赤井さんが返す。

その時、他にも何人か横を通り過ぎた。

「同じ事務所の今井さんと岡田くんだ!!」

「番組に出てた川口さんもいる！」

「すみません！　お時間、よろしいでしょうか!?」

マスコミはあっという間にそっちへ行ってしまった。

普通堂々と正面から出てくるとは思わなかったのだろう。赤井さんと見合わせてから、何喰わぬ顔でテレビ局を出た。

誰も付けてきていないな……

注意深く、周りを確認する。

ファミレスの駐車場には、一人の男が立っていた。

黒いバイクに薄いグレーの鞄、青と白のスニーカー。指定通りの人を見つけ近付く。
　無事にレキの住所を受け取った。

　後は着替えを……
「零士」
「うん？」
「あのサングラスの人、怪しくない？」
　言われた男を盗み見る。
　確かにパパラッチに見える。
　車に向かうその人をチラリと確認した。

　そのまま買い物を装い、歩いて駅ビルに移動。
「……付いて来た？」
「いや。大丈夫みたいだ」
「勘違いだったのね。なんか皆、敵に見えちゃって……」
　赤井さんは心配そうに周りを気にしている。
「ごめん。一件、電話する」
　スマホの履歴を開いた。
「電話？」
「マンションのコンシェルジュに」
　万が一、レキが来たら引き止めてもらわないと。
　電話が繋がり、いつもの人だという事が分かり、ほっとする。
「最近、うちによく来ていた大学生の男の子、分かりますか？　黒い首輪をしていて茶色の髪、身長は168cm。細めの……」
『存じております』
「今日、来ましたか？」
『いいえ。お見掛けしておりません。いらっしゃいましたら、お電

話致しますか？』

「はい。鍵を持っていないので、ゲストルームで待たせたいのですが……今、空きはありますか？」

『只今、お調べ致します。…………空いております。いらっしゃいましたら、ゲストルームにご案内してよろしいでしょうか』

「お願いします」

『畏まりました。ありがとうございます。伊藤が承りました』

とりあえず電話を切る。

トイレに入り内側へ紙袋をかけ、優実と優花が選んでくれたスーツに着替えた。

家族が全員揃っているとは限らない。

マスコミがどう出るか……

俺の考えなしの発言のせいで、何かあったら。

想像すると怖くなる。

いざとなったら人手が必要かもしれない。悩んだけれど、『一緒に行く』と言ってくれた赤井さんの申し出を受けた。

手ぶらだと微妙かな……

前に『親は和菓子派』とレキが言っていたのを思い出す。

赤井さんの方が着替えに時間が掛かるから、その間、無難に和菓子を購入した。

丁度、トイレの前に戻ったところで、赤井さんが出てきた。今度は薄化粧で落ち着いた色のスーツ。

「赤井さんまで巻き込んでごめんね」

「いいのよ。レキくんに会えるかしら……楽しみだわ。それより変じゃない？　レキくんの親御さんに会うかもしれないんでしょ？やだわ。緊張しちゃう」

「……なんで赤井さんが緊張するの」
　すぐに駅ビルを出てタクシーを探す。
「するわよ。零士の大事な相手の家族なんだから。印象良くしないと！　『初めまして。プロダクションＲＲの赤井と申します』どう？　ちょっと固いかしら」
　突然、挨拶の練習をしだした赤井さんを見て、思わず吹き出す。
「笑ったわね……」
「いや。笑ってないよ。ありがとう、赤井さん」
「ふふ。ほら。うち、子どもいないじゃない？　だから、こういうの、憧れてたのよね。あ！　タクシー来たわよ！」
　赤井さんが手を上げると、少し先にタクシーが止まった。
　中学生からの長い付き合い。世話焼きだし心配症だし、家族のような存在。フェロモンのせいで悩んでいた頃から、赤井さんはあまり影響を受けず、変わる事なく側にいてくれた。改めて、その優しさに感謝する。

　タクシーの運転手に場所を伝え、車は走り始めた。
　再度、レキの住所を見つめる。
　……どうか家にいますように。

訪問

「ありがとうございました」
　目的地に着き、タクシーは去って行った。
　周りにはマスコミらしき人は一人もいない。
　注意深く玄関に向かう。
　考え過ぎかもしれない。でも念の為……
　意を決してレキの家のドアホンを鳴らす。待っている間、ウィッグと眼鏡を外した。
　応答も人の気配もない。

　しばらく待つと、裏庭の方から「はーい！」という女性の声が聞こえてきた。

「ごめんなさい。お待たせして。ちょうどゴミを捨てていて」
　エプロンをした優しそうな人が出てきた。目元がレキに似ている。
「突然、申し訳ございません」
　母親らしき人に頭を下げた。
「初めまして。僕は――」

「れっ、零士様!?」
　レキのお母さんはパクパクと口を開いている。
　良かった。すぐに俳優の零士だと分かって貰えたみたいだ。それなら話は早い。
「え？　え!?　ほ……本物？　ソックリさん？　ドッキリ!?」
　かなりパニックになっているようだが、スタボでバッタリ会ったソナタくんと雰囲気が似ている。

「こ、ここじゃ人目に付きますし、散らかってますが！ 良かったら中に……」
　動揺しつつ、家の中に通してくれた。
「い、今……お茶を。零士様はお茶なんて飲まないかしら……」
「いえ、お構いなく。お茶は好きですが、あまり時間がなくて」
　そう伝えると、リビングの椅子に掛けるよう促してくれた。

「改めまして。ご挨拶が遅れました。プロダクションＲＲ所属、俳優の零士と申します」
　もう一度お辞儀をする。
「零士のマネージャーの赤井と申します」
　赤井さんが名刺を差し出した。

「さっき、テレビを見た時に、レキと同じ名前なんて珍しいなと思って。そんな……うちに直接いらっしゃった、という事はあの、相手はうちのレキなんですか？」
　レキのお母さんが信じられないという顔をする。
「はい。ご迷惑をお掛けして申し訳ございません」
「ま、まさか……恐れ多くて、口にするのも申し訳ない位なんですが。まさか零士様が……レキのこ、こ……恋人……」
「いいえ。違います」
　きっぱりと否定した。
「そ！ そうですよね!! ごめんなさい！ 私ったら早とちりして……！ やだわ！ 恥ずかしい」
　慌てている様子を見て、姿勢を正す。
「恋人ではありません。僕の片思いなんです」
「……え？」

「レキが好きです」

　本人より先に親に告白。でも緊急事態なんだ。仕方ない……

　口が開いたままのレキの母親を見つめる。

「実は少し前に喧嘩をしてしまったんです。その後、海外のドラマ撮影があり、レキと話せないままで。ずっとバイトも休んでいて、連絡が取れず心配になり……」

「……そうだったんですか」

「本題に入りますと、僕の軽率な発言のせいで、レキやご家族がマスコミに追われてしまったら──と不安になり、ご相談に参りました。ご不便をお掛け致しますが、数日、ホテルで過ごして頂く事は可能でしょうか」

　レキの母親は呆然としている。

「え、え……と。分かりました！　すぐにホテルを予約します。一応、主人に電話をしてから」

　戸惑いながらだが理解してもらえたようだ。

「ホテルは零士が先に予約しております。こちらの責任ですので宿泊費等もご心配なく。念の為、ボディガードを手配していますが、騒ぎにならない限りはお仕事や外出等、普通にして頂いて構いません。大丈夫でしたら、ホテルに移動しましょう。ご主人様は何時頃お戻りでしょうか」

　赤井さんがホテルの案内を渡す。

「主人は出張でいません。先日、交通事故に遭い、本来なら帰省する予定でしたが、仕事が途中で取りやめまして。レキのバイトもしばらくお休みの予定です」

　そんな事情があったのか。父親が事故に遭い、不安だったに違いない。

「今、レキに電話をかけてみましょうか？」

「お願いします！」

　思わぬ提案に頷く。

　レキのお母さんはすぐにスマホを持って来てくれた。

　祈るような思いで、様子を見守る。

「……出ません。いつもは割とすぐ電話に出るのですが」

　何度かコールしても、レキは電話に出なかった。

「私は少し前に帰ってきたんですが……今さっきまで家にいたと思います。電源は切れていたけど、リビングが冷房で冷えていて、出ていたお茶も冷たかったので」

　βに見えるが、フェロモンに強い。きっと家系なのだろう。目を見てもほとんど変化が見られなかった。

「レキくん、あなたのマンションに向かってるんじゃないの？」

　赤井さんが心配そうに言ってきた。

「そうだといいけど……」

「私がレキくんのお母様を責任持って、ホテルまでお連れするから、零士は一度、マンションに戻ったら？」

「……でも」

　赤井さん一人に任せるわけには。

　レキは名前が割れているから余計危ないか……？

「私でしたら大丈夫ですよ。あの子の事、お願いします」

　迷っていると、レキのお母さんは笑顔を見せた。

「気を悪くしないでくださいね。レキ……ここ数日、ちょっと元気がなくて……」

「すみません」

　その言葉に謝る。

「いえ、違うの。そうじゃなくて……少し前まで……あの子、ずっ

と寂しそうだったんです」

　予想しなかった内容に口を噤む。

「レキは明るくて物怖じをしない性格で……しょっちゅう外出したり、人に囲まれて見えるけど、家に友達を連れてきた事がなくて。いつも、どこか寂しそうで……最近ね。よく笑うんです。作った笑顔じゃなくて、本当に心から。それにとても楽しそうで……」

　──きっと過去の事があったから。

『最近、よく笑う』

『楽しそう』

　それが本当なら嬉しい。

「うち、男の子三兄弟でね、レキが一番しっかりしてるの。でも、ただ甘えたり頼ったりするのが苦手なだけ」

　黙ったまま頷く。

「だから、さっき『喧嘩した』って聞いて嬉しかったんです。レキ、口が悪いでしょ？　でも家族以外にはほとんど見せないの。友達と言い合ったりした事もあまりなかったんじゃないかしら。いつも気を張り、親しい友人をわざと作らず、隙を作らないようにしているような気がして。心配してたんです……すみません。上手く説明できなくて」

「それは心配でしたね……」

　赤井さんが泣きそうになりながら、言っていた。

「……違ってたら、ごめんなさい。最近、頻繁にお泊りさせてもらってたのって──」

　探りを入れるように聞かれ、慌てて謝る。

「すみません！　うちです。俺……僕、料理が苦手で教えてもらったり、ゲームをしたり、映画やドラマを一緒に見たり……つい楽し

くて、いつも引き止めてしまって。ご心配おかけして申し訳ござい
ません」

　しょっちゅう泊まりなんて、親からしたら心配だったはず。
「やっぱり。レキ、今まで泊まったりしても全然話さなかったのに
……最近、ちょっと話してくれるようになったんですよ。『驚きの
残念料理を作る奴がいる』って。『ケーキバイキング』や『テニス』
もあなたとかしら……ふふっ。あの、『俺』でいいですよ」

　驚きの残念料理って。

　でもケーキやテニスの話をしてくれていたんだ。
「それなら、お義母さんも敬語はやめて、俺の事も零士と呼んでく
ださい。多分、両方、俺です。料理は本当に苦手で」
「や、やだわ！　どうしましょう！　お義母さんだなんて!!　天下
の零士様に……れ……零士くんとか!?　無理！　きゃー!!」

　なんか楽しそうだ。
「あ……ごめんなさい！　つい興奮……脱線して……！　私ね、零
士……くん……の大ファンだったの。演技も大好きだけど、演技に
対する熱意や取り組み方、大変なお仕事してる割には努力家で堅実、
素朴なところとか。バラエティとかほとんど出られていないけど、
話してる内容から真面目で一生懸命で優しい方なのかな……て」
「……ありがとうございます」

　演技だけじゃなくて、人間性まで褒められるなんて。

「だからこそ、さっきのテレビ、驚きました。今まで熱愛報道、ス
クープどころか、プライベートで目立つ事なんて一つもなかったの
に。自ら、周りに騒がれるのを分かった上で、レキに呼び掛けてく
れたわけでしょう。見た時はまさか、うちの子だとは思わなかった
けど。余程、大事にしてる子がいるんだなと見て感じたわ」

　レキの母親が嬉しそうに笑う。

「変な言い方かもしれないけど……レキとの事、応援してます。親バカと思われるでしょうが、大事にしてくれる方とお付き合いして欲しいと思ってたから」

「頑張ります」

　目を見て答えた。

　こんな風に伝えてくれるなんて……

　レキが優しいのも、辛かった時期になんとか頑張っていたのも、家族に大事にされていたからかもしれない。そんな風に感じた。

「すみません。色々話し込んでしまって。今、支度してきますね。レキにはメモを残し、ライムもしておきます」

「あの！　お義母さん」

「な……何？　照れちゃうわ」

「電話番号とライム、教えて下さい」

「レキの？」

「レキにはちゃんと後で自分で聞きます。連絡をする事があるかもしれないので、お義母さんのものを……これ、俺のプライベートの電話とメールアドレス、ライムのＩＤです」

　プライベート用の名刺を渡す。

「れ、零士様と連絡先の交換!!　家宝にします──!!」

　お義母さんの言葉に、赤井さんは笑いを堪えている。

　様呼びに戻っているし。

　心で突っ込みつつ、連絡先を教えてもらった。

　ウィッグを被り、眼鏡をかける。

「目の前で見ても別人みたい……」

　お義母さんは何やら感動中。

　タクシーを二台呼び出し、注意しながら外へ出た。

「電話かライムがあったら、連絡しますね！」
「お願いします」
　タクシーに乗り込んだお義母さんと赤井さんに一礼する。
　赤井さん達は真っ直ぐホテルへ。

「どちらまで？」
「この住所へ」
　運転手にメモを見せる。
　俺は自宅へ一度戻る事にした。

呼び掛け…sideレキ

『俺が悪かった。家に戻ってきて。……お前に会いたいんだ』
　信じられなくて、騒がしいテレビを呆然と見つめた。
　零士は一体どういうつもりで——
　頬が熱くなり手で擦る。

『レキ？』
　スマホからソナ兄の声がして、我に返った。
『零士様、レキを呼んでるんじゃないの？　俺、テレビ見て驚いて。
どうしたの？　喧嘩した？』
「別に喧嘩じゃ……」
『何があったか分からないけど、ちゃんと話した方がいいよ』
　優しい声。前みたいにからかうような口調ではない。
「……話す事なんて」
『俺、爽ちゃんと付き合う前、本音を話せなくて、いっぱい傷つけ
てたんだ。それを思い出すと今でも申し訳ない気持ちになる……』
　多分、自分と同じ後悔をしないように。そう伝えたいのだろう。
　——でも俺の本音なんて自分でも分からない。
『恋愛で上手くいっていない時、よく話を聞いてくれたよね。……
レキはいつも言ってた。「ソナ兄を大事にしない相手とは付き合う
な、別れろ」って。爽ちゃんに対しては一度も言わなかったね』
　ソナ兄の言葉を黙ったまま聞く。
　少し前の話なのに遠い昔の事のようだ。
「惚気？」
『違うよ！　俺、聞いてみたかったんだ。零士様はレキを大事にし
てる……？』

零士は俺を……

　ずっと目を背けていた。
　誰かといて安心したり、ほっとするのは初めて。自分を偽らない
のは楽で、そのままを受け入れられて驚いたし、正直、嬉しかった。
　いつも俺のしたい事に付き合ってくれて、自分よりも俺を優先し
てくれていた気がする。
　前に『嫉妬した』と言われた時もそうだったけれど、零士はαの
くせにいつも先に謝る。大体はあいつのやり過ぎのせいだが、甲斐
甲斐しく世話してくれたり、料理苦手なのに朝食作ってくれたり、
貴重なオフを潰して仕事を変わってくれた事もあった。
　居心地が良いのは当たり前だ。あいつは俺が本気で嫌がる事はし
ないし、困っていれば助けてくれる。
　……それに楽しかったんだ。零士との時間は。

『レキも知ってると思うけど。零士様、謙虚な人なんだ。テレビで
プライベートな事を話すのも、今回が初めてで……あれだけ売れて
いても傲る事なく、演技に対してはひた向きで努力家。今までスクー
プも浮いた話もゼロ。大騒ぎになるの、分かって生放送で呼び掛
けたんだよ』
　それは司会の人とかも言っていた。
『ファンだからこそ分かる。「レキが大切だから諦めたくない」そ
う言ってるように聞こえた。お節介でごめんね。スタボで零士様と
一緒にいた時、レキは珍しく猫被ってなかったし。なんか最近、楽
しそうだったから……』
　ソナ兄の口調は穏やかだった。
「ちゃんと考える」
　そう言って電話を切り、溜息をつく。

しばらくすると、出演者達はその話題に一切触れなくなった。

　テレビでは繰り返し『運命の番』の映像が流れている。

　少し心配になりネットを開くと、案の定、大騒ぎ。

『天下の零士様の相手は一体誰だ!?』というテーマで意見が飛び交っている。

　そこには俳優、女優、モデル、芸人、何人もの『レキ』と読める名前が並べられていた。自分では珍しい名前だと思っていたけれど、意外といるらしい。

『俺が悪かった』

　零士の言葉を思い出す。

　俺も悪かったかも。

　ソナ兄と比べられて、なんとなく腹が立って……

　碌に話も聞かず、バイト先に謝りに来た零士を追い返した。

『家に戻ってきて』

　零士、どんな覚悟でテレビを使った？

『会いたい』

　……俺は？

　テレビの中の零士を見つめる。

　少し考えてから、冷房を切り立ち上がった。

＊　　　＊　　　＊

　覚悟が決まらないままバス停に向かった。

　一台のバスが停留所に止まる。

　これに乗ったら零士のマンションの近くを通るけれど……

　身動きができずにいると、ドアが開き運転手が俺を見た。

……行く気かよ。行ってどうするんだ。

　それになんて言えば。

「お客さん。乗りますか？」

「いいえ」

　話しかけられてしまい、そう答えるとドアは閉まり、バスは行ってしまった。

「はぁ……」

　溜息を一つ。

　俺はどうしたいんだろう。

　連絡先も電話番号も知らない。バイトも金曜まで休みだし。

　考えが纏まらなくて、頭を抱える。

　……一度、音楽でも聞いて心を落ち着かせよう。

　鞄からスマホを取り出し、イヤホンを繋いだ。その時、通知バーに気になる見出しが入っているのを見つけてしまう。

【速報！　俳優の零士さんの発言を受けて、相手役の凛さんがコメントを発表】

　慌てて動画のボタンをクリックする。

　緊張しながら画面を見つめた。

　映ったのは報道陣の前に立つ凛。

『零士さんとは週刊誌やワイドショーで騒がれたような関係ではありません。報道された日、僕が酔ってよろけたのを支えてくれただけです。周りに「運命の番」のスタッフもいました』

　か弱いイメージだったけれど、はっきりとした口調で凛が話す。

『では、どういう関係ですか？』

『強いて言えば「兄」のような存在です。小学生の頃から僕の目標であり、共に頑張ってきた仲間でもあります』

　本当に何でもなかったのかも……

そう感じる話し方だった。

『零士さんの呼び掛けを見て、凛さんはどのように感じましたか？』

　突っ込む報道陣の台詞にゴクリと息を呑む。

『大切な人の為にあそこまでできるのは、純粋に格好良いなと思いました。ご存知だとは思いますが、零士さんは真面目な人です。ですから、その場のノリで発言したわけではないと思います。ずっと前から大切に想っている人がいたのは知っていました。だから自分との報道のせいで心配させてしまったのではないかと、気掛かりだったんです』

　凛の言葉が静かに響く。

『お相手の方にメッセージはありますか？』

　その言葉で画面は凛のアップに切り変わった。

『僕と零士さんは仕事のみの関係です。勿論、先輩として憧れていますが、お互い恋愛感情は一切ありません。ですから心配しないでくださいね。え……と……僕にも……恋人いますし』

　凛がポッと赤くなる。一気に報道陣がドヨドヨと騒がしくなった。

　恋人がいたのか……

　一気に霧が晴れたようになる。

『そうなんですか!?　凛さんの恋人は何をされてる人で──』

　この後、事務所の人が乱入。慌てて凛を連れて行った。

　凛の交際宣言に場内は騒然。大騒ぎになっていると報じられた。

　　　　　　　　＊　　　＊　　　＊

　────来てしまった。

　バスを降りて、慣れた道を歩く。

　人の名前を全国ネットで言うなんて……しかも俺、ワイドショーなんて普段、見ないぞ。ソナ兄みたいに、零士の出演番組なんてチ

224

ェックしていないし。

　……だからなのか？

　俺が文句を言いそうな台詞。

　俺の名前をあえて口にしたのは……

　零士のマンションの入口で止まる。

　勢いで来たはいいが、なんて言おう。

　部屋番号を入れて、後はボタンを押すだけ。なんで、こんなに緊張するんだ。

　大体、あんな呼び出しにホイホイ応じたりして、どう思われるか。……やめようかな。

　こんな、すぐに零士に会いに来たら、待っていたみたいじゃん。

　やめた！　今日は帰ろう。明日！　また明日にする。

　クルッと向きを変える。

「訪問先がお留守でしたら、ゲストルームでお待ちください」

　不意に管理人に引き止められる。

　なんだ？　いつも話しかけてこないのに。

「……いえ。出直します」

「シアタールームやスパのご利用も可能ですよ。ご遠慮なさらず」

　やけに食い下がるな。なんかの勧誘みたいだ。

　もしかして零士が手を回した？　俺が来るのは想定通り？

　話している途中で背を向けた。

「お客様、お待ち下さい！」

　少し慌てた管理人の声が聞こえる。

　軽くお辞儀をしてから、マンションを飛び出した。

逃走

　外へ出たら、その人は追いかけてこなかった。

　アラームが鳴って、時計を見る。

　——もう抑制剤の時間なのか。いつもアラームより先に飲んでいたのに、気が回らなかった。

　急いで鞄から抑制剤を取り出す。

　水を買わないと……

　マンション向かいにある自然公園の入口に自動販売機があったのを思い出して移動した。

　取り出し口から出てきたミネラルウォーターを掴む。口の中に抑制剤を放り込み、水で流し込んだ。

　そういえば……

　ナオ兄もソナ兄も悩んでいる時は抑制剤が効きにくくなるって言っていたな。

　腕の匂いを嗅いでみるけれど、自分ではよく分からない。そんなに時間は過ぎていないし、多分、大丈夫だろう。

　その時、一台のタクシーがマンションの脇に止まった。

　降りてきた人物に驚いて、慌てて自動販売機の後ろに隠れる。

　——れ、零士だ!!

　一見、真面目そうなサラリーマンだが間違いない。

　なんてタイミング！　上手い言い訳も思い付かないし、このまま、やり過ごそう。

　零士は辺りを見回してから、マンションには入らず、こっちの方へ向かってきた。

なんで来るんだ!?

　……匂い？　いや。ここは外だし。いくらなんでも……あの距離は流石に匂いを辿れるわけがない。

　今、動くと絶対にバレる。

　少しずつ足音が近付く。

　心臓がバクバクうるさい。まるでホラー映画の主人公になったような気分だ。

　息を凝らして身を潜める。

　不意に足音が止まり、緊張して手に汗を握った。

「……レキ？」

　声をかけられて、ギョッとする。自動販売機の後ろに隠れているから姿は見えていないはず。でも後ろを覗かれたら──

　突然、電話が鳴り響いた。

　零士のスマホ！　助かった。この隙に……

　でも零士は電話を取らずドンドン近付いてくる。

　おい、コラ！　電話鳴ってんぞ！　出ろよ!!

「すみません。道を伺いたいのですが……」

　チラリと覗くと、零士はお年寄りの夫婦に話しかけられていた。

「この住所のマンションはどちら？」

「そこの茶色の……」

　零士が対応している間にソロリ……と抜け出す。足音を立てず、走って公園内に入った。

「レキ!!」

　零士の声が住宅街に響く。

　クソッ！　気付かれた……！

　夜の公園は隠れる場所がたくさんある。

絶対に捕まるもんか……！
　後ろを振り向かず闇雲に走る。すぐに零士も追ってきた。

　すれ違う人が皆、振り向く。
　そりゃ、そうだ。いい年して全速力で走っているなんて。
「レキ！　待って！」
　犬じゃねぇし、誰が待つか！
　そんな気はしていたけれど……零士の奴、足早ぇーな!!　このま
まじゃ、すぐに追い付かれるぞ。どうする!?
　道が右手と左手に分かれている。悩む間もなく左を選んで走った。
　道が狭くなり、あっという間に差を縮められてしまう。

　──止まるしかなかった。目の前には壁。行き止まり。
　右に行っときゃ良かった……
　すぐに後ろに気配を感じる。
「……逃げるなよ。話を」
　零士が一歩二歩と近付く。
　最近、やってなかったけれど、できるかな……
　深呼吸をして息を整えた。
　目の前の壁には捕まる場所はない。
　高さは２ｍちょっと。これ位なら……
　勢いをつけて加速。壁を蹴り、上に掴まり乗り越える。反対側へ
と飛び降り、地面に手を付いた。
　こんな時にフリーランニングの練習が役に立つなんて……
　乱暴されてできた怪我を誤魔化す為に始めたスポーツ。壁、手す
り、段差を乗り越える練習は、しつこいナンパから逃げる時にも役
に立つし、ちょっと楽しくて引越した後もよくやっていた。
　最近は全然、練習していなかったが、できて良かった。零士が遠

228

回りしている隙にきっと逃げ切れる。

　後ろから音がして驚いて振り向いた。
　真横で風が起こり、呆然と見上げる。
　零士も登れるのか！
　慌ててフェンスの切れ目をくぐり、逃走開始。零士にはその穴は
小さく、裏に回っている。
　今のうちに……！

「何、何。鬼ごっこ？」
　通行人の呑気な声がした。
　段差を乗り越えて手すりを滑り降りる。
　すぐに零士は追ってきた。あっという間に差を縮められ焦る。
　次は柵を登った。
「スゲーな！　何あいつ。猿？」
　猿で悪かったな。放っておいてくれ！　俺は忙しいんだ。
　後ろを振り返ると、悠々と柵を飛び越える零士が目に入った。
　あの野郎。運動神経抜群かよ!!
「フリーランニング？」
「パルクールだろ！　格好いい!!」
「追っかけてる人、スーツだし！」
　走りながら考えてしまう。
　さっきの凛の映像、俺達が仲違いをしているのを心配してやって
くれたんだよな。
　零士もそうだけれど。どんな思いで……
　ソナ兄の言葉も思い出す。
　……俺、逃げていていいのか。

「レキ！」
　逃げ込んだ場所は高台になっていた。
　観念するか。俺達を心配してくれた人がいるんだ。逃げてばかりじゃ格好悪いだろ。
　緊張しながら振り向く。
　零士はなぜか青い顔をしていた。
「レキ。そこは降りたら駄目だよ。かなりの高さだから怪我するかも……追い掛けたりしないから飛び降りないでくれ」
　俺がここを降りると勘違いしているようだ。流石に高過ぎるから元々、そんなつもりはなかったが。
　零士の焦った顔なんて初めて見る。

　不意に足音がして、緊張が走る。
　……誰か来た。
「隠れて。一時休戦。マスコミっぽい」
　零士が声を落とし、茂みを指差す。
　少し先に上下黒づくめのなんとも怪しい男がいた。こんな夜なのにカメラを持っている。
　さっきのテレビのせいで……？
　黙ったまま二人で茂みに入った。

　砂利を踏む音が静かな公園に響く。
　目の前を通り過ぎると同時に──
　パシャッ！　シャッター音が鳴る。一瞬ドキッとしたが、少し離れた場所で男は鳥を撮影していた。
「もう行った？」
　零士が注意深く聞いてくる。
「あと少し待った方がいいかも」

しばらくすると、男の姿は見えなくなったものの、木が生い茂っていてきちんと確認できない。
「なんか犯罪者っぽいな」
「……ふ。お前が言うなよ」
　零士の台詞に笑ってしまう。
　無意識だったと思う。葉っぱが付いている零士の髪――ウィッグに触れたのは。
「レキ」
「髪に――」
　それ以上、言葉が出てこない。
　も……文句を言ってやればいいんだよ。なんでもない事のように言ってやる。
「お前なぁ、全国ネットで人の名前、出すとか」
　話している途中で、不意に抱きしめられた。
「お、おい」
「ごめん。レキ」
　煙草の匂いと甘い香り……
　久し振りに感じた零士の温度。なんとなく突き飛ばせずに黙る。

「会いたかった……」
　耳元でそっと囁かれた。
　妙に緊張してしまい、下を向く。
　俺はなんて返せばいいんだ。
　困っていると、肩に手を置かれた。
「『見習ったら』なんて嫌な言い方してごめん。お前が甘えるの苦手だって知ってたのに。甘えて欲しかっただけなんだ」
　真剣な表情……
「凛とも何もない。でっち上げだ。あの日は飲み会で凛が酔ってた

から、タクシーに乗せただけ。周りにスタッフもたくさんいた」
「……うん。会見を見た」
　ポツリと返した。
「え？」
「見てないのか？　これ」
　スマホを取り出し、さっきの動画を再生、イヤホンを貸す。
「……凛は何を」
　零士は独り言のように呟いた。
「いや。俺に聞かれても」
　会見の事は知らなかったらしく、困惑している零士を盗み見る。
　パッと顔が上がり、目が合う。
「レキ、電話番号教えて。ライムもアドレスも。後悔したんだ。ちゃんと聞いておかなかった事」
　……連絡先、聞かれた。
「後で──」
「今！」
　いつになく強い口調の零士。仕方なくライムを開く。
「名前……そのままだな。『零士』。俺はその『ＲＥ』ってやつ。……っていうか、俺達は草むらで何をやってんだ」
　登録したものを見て零士は嬉しそうに笑った。
　また、そんな顔して……

「そうだ。ちょっと待って。先に電話を」
　零士はスマホをタップした。
「もしもし。零士です。レキを見つけました。マスコミが心配なので、数日、うちで預かってもいいですか？　……はい。何か足りないものがあったら、フロントに電話してください。金曜はレキの誕生日ですから、夕方、レキも連れてそちらのホテルに伺いますね」

時折、音漏れして聞こえてくる電話の相手が、うちの母さんにそっくりなのはなぜなのか。しかも今の会話の内容……

「今のって」
　電話を切った零士に聞いてみる。
「レキのお母さん」
「お前、なんで俺の母さんの電話番号知ってんの!?」
　訳が分からず、問い詰める。
「連絡先交換した」
「は？　どういう事!?」
「ごめん。あまりに心配で興信所を使って住所調べた。さっき会って、とりあえずホテルに数日いてもらうよう頼んだんだ」
「な……」
　信じられない零士の言葉に動きが止まる。
「テレビでレキの名前出した事が原因で、マスコミに自宅がバレるかもしれない。不安で仕方なくて。しつこいパパラッチに追い詰められて逃げてるうちに事故に遭ったりしたら……考え出したら心配で心配で……」
「不吉な事言うな!!　お前、ストーカーかよ！　興信所使うとか、親を巻き込むとか！」
「……そうかも」
「そこは否定しろ!!」
「危なく犯罪に手を染めるところだったよ。前に学校名、聞いただろ？　興信所だと時間かかるから、職員室に乗り込もうか迷った」
　真顔で話す零士に引いてしまう。
「お……おそ、恐ろしい事、言うな!!　それ、アウト!!」
「大丈夫。捕まらない自信がある」
「怖っ!!　駄目に決まってんだろ!!」

自信満々の零士に突っ込む。
「……ふ。くく」
　零士は肩を揺らして笑っていた。
「何、笑ってやがる。大体――」
　話している最中にもう一度抱きつかれた。
「外で抱きつくなよ！」
「……家ならいいの？」
「屁理屈やめろ」
　久し振りだな。零士とこんな風に言い合うのも……
　内容はどう考えてもヤバい。
　つい笑ってしまったら、頬を撫でられた。

「俺、お前が大事だよ。レキ」
　言われた言葉を反芻する。
　零士は猫が甘えるみたいに頬を寄せてきた。
「だから連絡取れなくて落ち込んだ」
　聞いた事のない切ない声。途端に心臓が騒がしくなる。
「約束してた火曜は父さんが事故に遭って――」
「うん。聞いたよ。レキ、もしかして発情期？」
「……お前なぁ」
　真面目な顔をしていたくせに、デリカシーの欠片もない。
「α用の抑制剤飲んでるのに……こんなに甘い匂いするとバレるんじゃないの？」
　心配そうな表情で零士が話す。
「今日はたまたま飲む時間が遅くなっただけ」
「俺の家に行こ……」
　何も良い言葉が出なくて、仕方なく頷いた。
　不意にまた頭を撫でられる。

「何」
「頭撫でた」
「それ位分かってる。なんで撫でんのか聞いてんだよ」
　でも零士が凄く嬉しそうな顔をしているから、それ以上強くは言えなくて……

　零士が立ち上がって周りを見回す。手を繋いで連れて行かれた。
「手を離せ」
「離したらレキ、逃げちゃうだろ？」
「……逃げないから」
　そう言っても零士は手を離さない。
　静かな夜の公園を二人で歩いた。

帰宅

　注意深く公園を出る。マンションの周辺にマスコミがいないのを確認してから入口に入った。
「先程はお電話、ありがとうございました」
　零士がマンションの管理人に礼を伝えると、その人はほっとしたような顔を見せ会釈した。
　……やっぱりグル。だからマンションに戻らなかったのか。

　エレベーターを待っている間、零士を睨む。
「俺の母さんと何、話したんだよ。突然訪ねて行くなんて……もしかして恋人だと誤解された？」
　母さんも零士の大ファン。多分、テレビも見たのだろう。
「うん。だけど『付き合ってません。俺の片思いです』って言っておいた」
「なっ！　この嘘つきめ！」
　片思い……!?
「恋人同士って言えたら、もう少し安心させられたんだけどね。レキ。お前、親に『嘘』つきたくないだろ？」
　過去、レイプの事実を隠す為にたくさんの嘘をついてきた。嘘に嘘を重ね、付かなくていい嘘も山程あって……
　その度に自己嫌悪したけれど、事実が知られるよりはマシだと思っていたんだ。

「……お前は嘘ついていいのかよ」
「嘘？」
　俺の言葉に、零士は目を細めた。

「『片思い』ってやつ」

「嘘じゃないよ」

　零士が優しく笑いかける。

　それって……

「レキ。エレベーター来たよ」

　言葉を失っていたら、声をかけられた。

　混乱しながら中に乗り込む。

「正体見破られた日に言っただろ？　『お前と恋人同士になりたい』
って。でも強要するつもりはない。なるべくヤキモチも妬かないよ
うに気を付ける。別に今まで通りでいい」

　零士が俺の目を見つめ、手を握ってきた。

「お前と会えなくて寂しかったんだ……」

　見ていられず、足元に視線を落とす。

　……こんな面倒くさくて過去に訳ありなのに、変わらないのか。

　セフレの事は親には言い辛い。でも零士と会ってから泊まりや出
かける事が増えたのも事実。

　嘘をつかなくていいように言ってくれたのかもしれない。

　扉が開き、零士は俺の肩を抱いて部屋に向かった。

　零士はロックを外してから、キーケースを俺に渡した。

「合鍵返されて余裕をなくしてたんだ。テレビで名前を言ったりし
てごめん」

　そんな言い方するなよ。それじゃ、本当に……

「万が一、俺の事を調べられたら、どうするんだよ。お前、責任取
れんのか？」

　照れくさくなり、靴を脱ぎながら口調がきつくなってしまう。

「俺と番になる？　そしたら事務所が守ってくれるよ。まぁ、今回

もレキの素性がバレる様な事があれば芸能界を引退するって脅して
きたから、必死に事務所が隠すはず」
　即答で返ってきた零士の言葉に固まる。
　————番？

　αはΩと違って、番をたくさん作れる。でも余程、気に入ってい
ないと番にしたりしない。
　……今、『番』って言った？
　あまりの展開についていけない。
　しかも自分で言ったくせに脅してきたのかよ。これだからαは!!
　不意に手を掴まれる。
「とりあえず、その話は後で」
「ちょ……」
「仲直りしよう。レキ」
　玄関で零士に抱きしめられた。
「……おい。背骨が折れる」
　でも温かい。それに甘い匂い……
「レキ、本当に抑制剤飲んだの？　凄く甘い香りがする」
　ボタンを外され、胸元にキスマークを付けられる。
「や、やめろよ」
「ここならボタンしたら見えないよ」
　なんか今日の零士……
　今度は首輪の少し上を甘噛みされ、思わず体が震えた。
「っ……!　噛むなよ」
　首元に零士の息がかかってゾワゾワする。
「いつか首輪を外して抱かせて」
「そっ……んんッ！」
　それって本気で番になりたいって事……？

「……あ！」
　足の付け根を撫でられて声を出してしまう。
　零士は口端をペロリと舐めた。
　隠さない欲望。零士らしくないギラギラした目。
　あ……頭が回んねぇ。
「お、おい。玄関でやる気かよ。風呂位行かせろ」
「後で一緒に入ろう」
　スルリと脱がされ、シャツが床に落ちる。
「やだって。さっき公園走り回って、汗かいてるし。ん、アッ！」
　零士がズボンの上から前を触ってきた。
「さ、先に……風呂に……んんっ！　は、はぁ……」
　触るなよ。触れただけなのに我慢できなくなる。それに零士の目
線が熱い……

「痛っ！」
　不意に鎖骨の辺りを噛まれた。
「お前、何を……」
　αの噛む行為。それは独占欲の証（あかし）。
「項（うなじ）、噛みたい」
　そう言われ、首輪にキスされる。
　情欲が見え隠れする表情。
　燃えるような零士の目には俺が映っていた。
「レキ……」
　心臓がうるさい……！
「お……俺、まだ20歳なんだぞ!?　明後日で21歳だけど……番とか、
そんな考えた事……」
　シドロモドロに返す。

「……考えて。俺の事」

　見つめられて金縛りのように体が動かなくなる。

『Ωはαに逆らえない』

『目を見ると皆、変になる』

　抑制剤が効いていないのか……？

『がっつくなよ。先に風呂に入らせろ』『まだ番を考える年齢じゃ
ない』って突き飛ばせばいい。

　──なのに言葉が出てこない。

　ヘナヘナとその場にしゃがみ込む。

　なんか駄目かも。どうしよう。このままじゃ……

　押し倒されると、甘い香りが強くなり、目眩がしそうだった。

　強引に足を開かれ、力が抜ける。ズボンを脱がされ躊躇いもなく
下着に手が入ってきた。

「レキ……」

　零士の目がやらし過ぎる。

　水音が響き、恥ずかしくて堪らない。しかし考える間もなく、ド
ロドロにされ、あっという間に追い詰められた。

「……ッ」

　呆気なく白濁を零し放心していると、零士が後ろに触れてきた。

「ぅ、んっ！」

「レキ……」

「……ぁ、あぅ」

　ゆ、指が……

　ゆっくりと体が開かれていく。久し振りの感触に思わず身動ぐ。

「ごめん。痛い……？」

　零士はもどかしくなる位、ゆっくり指を奥へ進めた。

　そういえば、ずっと誰とも寝てなかったから、久し振り過ぎてち

ょっと痛い。

　前は雨の度、セックスしないと眠れなかった。
　でも零士と会えない間、他の誰かと寝る気になれなくて……

　頬に首にキスされて、益々体が熱くなる。
「ん……はぁ。れい……じ……」
「レキ……」
　いつもより甘ったるい香りに包まれ、頭の芯が溶けそうだ。
「ァ。や……」
「レキ、そんな声出さないで。我慢できなくなる」
　……そんなに余裕のない顔、初めて見る。
　体の奥がぞわりと震えた。

甘い香り…side零士

『番になりたい』
　生まれて初めて願う。αとΩだけの絆。
　誰にも譲りたくない、レキの唯一。
　離れている間に実感したんだ。レキへの想いは、俺の中でとっくに形を変えていた。

　レキが俺に会いに来てくれた……
　理由なんてなんでもいい。
　そっとボタンを外し、胸元にキスマークを付けた。
　痕を付けたら嫌がるかも……
　頭のどこかで考えるけれど、止まれなかった。
　レキが腕の中にいる。確かめるようにきつく抱きしめた。

　もう離れたくない……
　体中に痕を付けて、立てなくなるまで抱きたい。
　愛しくてもどかしくて、おかしくなりそう。
　……流石に全部は伝えられない。

　レキ。お前が好きだから待つって決めた。

「ぅ、んっ！」
　レキの後ろに指を忍び込ませる。
「レキ……」
　中がキツくて、奥まで入らない。
　もしかして会わなかった間、誰とも……？

キュンとして自然と口元が緩む。
「挿れていい？」
「いちいち聞くなよ。ん、ァ……ま、前からすんの？」
「顔見ながらしたい」
「今日は……あ、アッ……後ろから……」
「却下」
　すでに蕩けそうな顔。
　勝てる気がしない。
　手を繋いで頬にキスをした。

　挿れた瞬間、信じられない程の甘い香りがした。
　俺を翻弄するフェロモンに、理性なんて一瞬で奪われる。
「ん……あぁアッ！」
　奥まで挿れると、レキはまた達してしまった。
「馬鹿っ。後ろからって言ったのに……ッ！」
　潤んだ目。強気な言葉と裏腹に甘く掠れた声。
「顔見せて……」
　細い腰を掴み、レキの快感を探る。
「やっ！　ヤッて、る時の顔なんて。は、ぅッ……ぁ、アッ！　や、やめッ──!!　待っ、れい……じ……んぁッ!!」
　話している余裕なんてなくて、嫌がるレキを押さえつけて、更に激しく打ち付けた。
　ただ気持ちが溢れて、堪らなくて──

　ふらふらしているレキを連れて脱衣所へ向かった。ゆっくり脱いでるのを見せつけられて、『ここは我慢』と思ったのも数十秒。
　足元がおぼつかないレキの腰を支えたら──

244

「あ……」

　艶かしい声を聞かされ、スイッチオン。下着に手をかけ、欲望を押し付けた。まだ濡れていて、やらしい音がする。

「少し休憩……ンッ！」

「レキ……」

「み、耳元で話すなぁ！　あ……零士っ」

　そんな切ない声で名前を呼ばれたら、俺の方が無理なんだけれど。

　脱衣所で立ったまま後ろから挿入。腕の中に閉じ込めた。

「奥、やだ！　そんな……無理っ！　激しく……しないで……」

　甘ったるく懇願され、思わずムラッとしてしまう。

　残念ながらお願いは聞けず、結局、滅茶苦茶にしてしまった。

　力が入らない様子で、レキはよろよろとしゃがみ込んだ。

「俺に掴まって。ごめんね。大丈夫？」

　抱き上げようとしたら、「平気」と一言。色気を振りまきながらドアに掴まり、立ち上がった。

　流石に次、盛ったら怒るだろうな……と一旦は思ったんだ、一応。

　その時、レキがよろけて俺の方に来た。

「……ごめん」

　素直に謝るレキの肩を受け止める。なんとか欲望を抑え、風呂場へ連れて行ったが──

「電気、消せよ」の一言でノックアウト。

　照れながらそっぽを向いている。

　その顔は駄目でしょ……

　勿論、電気は消さず、そのまま──

一本の電話

「お前は俺を殺す気か!!」

「……ごめん」

　すっかり日が高くなった頃、レキはカンカンに怒っていた。

「『ごめん』で済ませるつもりか!?　いい根性してんな！　今日という今日は許さねぇぞ!!　玄関で二回、脱衣場で一回、風呂場で二回！　何回ヤれば気が済むんだ！　手加減って言葉、知ってるか!?　言ってみろ！」

「次はちゃんと優しくする」

　精一杯、反省の顔をして見せた。

「は、は!?　次!?　お前、ま……まだヤる気か!?」

　レキは青い顔をしている。

「うん。いい？」

　何回でもしたい。お前が側にいるって実感するから……

「駄目に決まってんだろ!!」

　半分怯えた表情に、こっそり笑う。

「でもベッドではまだ一回もしてないし」

「『でも』じゃない!!」

　目一杯申し訳なさそうな表情をしておいた。

「だってレキが可愛いから」

「『だって』とか言うな！　男に『可愛い』なんて嬉しくねぇ!!」

　怒っているけれど、レキの顔が赤い。

　……いつものレキだ。

　嬉しくても笑ったりしたら余計怒らせるだけだから、そっと我慢。

「そうだ。金曜は何したい？　誕生日だからレキの好きな事しよう。

ディズミーランド？　ナムトの室内遊園地？　夜はレキのお母さん
のいるホテルに行って食事しようね」
「……誤魔化されねぇぞ」
　怪訝そうな顔をするレキに畳み掛ける。
「ホテルの同じ建物内に和洋中ブッフェがあるよ。目の前でステー
キを焼いてくれたり、その場で寿司を握ってくれたり、天ぷらを揚
げてくれるコーナーもあるんだ。カニも食べ放題。他にリクエスト
はある？　それとも一緒に何か作ろうか？」
「ステーキ、カニ……」
　レキは食べ放題にグラグラきていた。
　悩む様子が可愛くて、レキの頭を撫でる。
「撫でるな！」
「少しだけハグさせて？」
　手を伸ばすと、ササッと逃げられた。
「また盛る気だな！　よせ！　俺に近付くな！　絶対に無理‼」
　レキはベッドの端に逃げて大騒ぎ。吹き出しそうになりながら、
ジリジリと近付く。
「……大丈夫。お前ならできる」
　爽やかな笑顔を作り、肩を掴む。
「できるか、阿保！　胡散くさい顔をしやがって！　そろそろ、い
い加減にしろ！」
　今度は若干引いていて、耐えきれず笑ってしまった。
「キャラメルあげるから機嫌直して」
「直るか！　っていうか、何、ニヤついてやがる」
「レキと一緒だと楽しくて」
　もう可愛くて可愛くて仕方がない。
「……俺がバイトだったら、どうすんだ」
　気まずそうにレキが言ってきた。

「明日まで休みだろ？　レキのお母さんから聞いた。そうだ。今さっき、バイト先の店長から俺に電話が掛かってきたんだ。家も携帯も電話が繋がらないって。その時にちゃんと確認したよ。金曜日まで休み。土曜日は11時半から」

「人のスケジュールを勝手に把握するな！　大体なんで店長が零士の番号知ってんの」

「前にバイト変わった時、連絡先交換した」

『何かあった時の為に』と俺から言い出した事は黙っておこう。

「店長はなんだって？」

「もし連絡取れたら折り返して欲しいと言われた。一時間位前かな。ごめん。起こそうか迷ったんだけど、ぐっすり寝てたから」

「なんだろう？」

　鞄を手渡すと、レキはスマホを取り出した。見るなり、目を丸くしている。

「うわっ！　すげー着信とライム！　何かあったのかな」

　レキはスマホをタップし、耳に当てた。

「もしもし？　店長？　お電話頂いてたのにすみません。先日はありがとうございました」

　会話の内容から、どうやら店員が立て続けに体調不良でダウンしたらしい。『今日、明日はなんとかなるけど、金曜日はスタッフが足りない』と聞こえてきた。

「……ちょっと待ってもらえますか？」

　レキは保留のボタンを押している。

「嘔吐下痢症とプール熱、ヘルパンギーナで五人も休んで人が回らないんだって。色々、俺の誕生日の事、考えてくれて悪いんだけど、最近休んで迷惑を掛けたばかりだから力になりたいんだ」

　レキが申し訳なさそうに話す。

「また改めてお祝いすればいいよ。レキは優しいね。人、足りてな

248

かったら、俺も手伝おうか？」
「いや。いいよ。バイトでもないのに、何度も働いたりしたら、色々と問題だろうし」
　心配そうなレキに笑顔を返す。
「大丈夫。契約済み」
「は!?　いつの間に!?」
「店長に迷惑を掛けたら申し訳ないし、この前、代わりを務めた時に、短期のバイトとして雇ってもらった」
「マジか」
「聞くだけ店長に聞いてみて」
　困っている人がいると放って置けない優しいレキ。そういうところも好きだし……
　電話口では『本当に!?』『迷惑じゃない？』『助かるけど……』と聞こえてきた。

電話…sideレキ

『項、噛みたい』

『考えて。俺の事』

　零士に言われた言葉。

　Ωにとっての唯一。番になったら想いが深まり、なくてはならない存在になると言う。

『αと番になる』

　少し前の自分なら天地がひっくり返っても絶対になかった。αに支配されるなんて、真っ平だ。番なんて死んでも作るもんか。ずっと、そう思っていた。

　——でも零士となら。

　少しだけ考えてしまった。情なのか絆されているのか、自分でもよく分からないけれど。

　言われて別に嫌じゃなかった。……っていうか、恥ずかしい。

＊　　＊　　＊

「お前は俺を殺す気か!!」

　怒鳴る位、許されるだろう。いくら久し振りだからといって……

　零士の性欲は一体どうなってるんだ。マジで死ぬかと思った。無理だって言っているのに全部無視されて何度も何度も……

「金曜は何したい？　誕生日だから、レキの好きな事しよう」

　緩みっぱなしの表情を盗み見る。

　誕生日なんて別に特別な日じゃなかったのに……

　話している最中に触ってきたから、慌てて距離を取った。笑いを堪える零士を見て、仲直りできて良かった……とひっそり思う俺

一体なんなのか。

「そうだ。今さっき、バイト先の店長から……」
　俺が寝ている間、連絡が取れないと店長が零士に電話してきたらしい。すぐに掛け直してみると──
　店員が立て続けに体調不良でダウン。金曜日に入って欲しいと店長から頼まれた。
『11時から３時まで。お休みの予定だけど、他に誰も捕まらなくて。ダメ元で電話してみたんだ』
　申し訳なさそうに店長が話す。
　金曜日は誕生日を祝ってくれるって言っていたけれど──
　父さんの事故で急に仕事代わってもらったり、試験勉強や帰省予定とかでしばらく休みもらっていたから、力になりたい。
「……ちょっと待ってもらえますか？」
　保留のボタンを押し、零士の方を振り向いた。事情を話し、バイトの代理を引き受けたい旨を伝える。
　零士は怒ったりせず、快く了承してくれた。それどころか手伝うと言い出してきて驚く。
「……って言われたんですけど」
　一応、店長に伝えてみる。
『本当に!?　迷惑じゃない!?　零士くんが手伝ってくれたら本当に助かるけど……彼、レジにオーダー、なんでもできるんだよ。前から勤めてたみたいに。当日、イベントとサッカーがあるから、かなり混みそうなんだ。零士くんが言い出してくれたのなら、頼んでもいいのかな……』
　零士を見るとＯＫマークを出している。
「……明日、一緒に行きます」
『ありがとう！　彼にもお礼、伝えといてね！』

冷やかされるかもしれない。けれど力になれそうで良かった。

「一緒に働くの楽しそうだね」
　電話を切ると零士は笑っている。
　予定を台無しにしたのに……
　その気遣いにほっとする。
　零士は時計を確認した。
「ごめん。俺、そろそろ行かないと」
　時計を見ると昼過ぎだった。
「もうこんな時間!?　いつも朝早いのに。もしかして俺が起きなかったから!?」
「違うよ」
　零士がやわらかく笑う。
「朝の仕事は済ませたから大丈夫。これから記者会見なんだ」

記者会見

　……緊張する。いや、俺が緊張してもどうしようもないが。
　テレビを付けると、厳かな雰囲気。眩しい位のフラッシュ。テーブルには数えきれない程のマイクやボイスレコーダー。
　零士はテレビでは珍しく地味なスーツとネクタイだった。

『本日はお忙しい中、お集まり頂き、ありがとうございます』
　零士が頭を下げ、会見が始まった。
『この度は番組に関係のない不適切な発言をし、申し訳ございませんでした。視聴者の皆様、関係者各位に深くお詫び申し上げます』
　深々と零士がお辞儀をすると、一斉に質問が始まった。
　始めは責任の所在について。
　畳み掛けるような質問の嵐に、零士は言い訳する事もなく一つずつ謝りながら丁寧に返した。

『お相手の方は芸能界の方ですか!?』
『男性ですか!?　女性ですか!?』
『ご職業は……』
『ご関係は恋人でしょうか』
『零士さんといえば、今までスクープゼロ。今回の行動の理由を教えてください』
　一人の記者が相手に関しての質問をすると、待っていたかのように次々と質問が続いた。
『大変申し訳ございませんが、全ての質問にはお答えしかねます。一般の方ですので、一切を黙秘させてください。ゲストとして出演した立場で、あのような発言をしたのは、信頼を裏切る行為でした。

このような質問を受ける事、メディアの皆様が相手を気にされるのは当然の事かと思います。ですが……その人を探るのはやめて頂けないでしょうか。軽率な発言のせいで、その人の日常が脅かされるのではと、不安で仕方ありません。……会えない日が続き、寂しくて馬鹿な事をしました』

　零士の切ない表情にどうしていいか、分からなくなる。

『僕にとって大切な人です。自分が自分らしくいられる場所でもあります。ずっと芸能人として生きてきました。この仕事を誇りに思っていますし、演じる事が好きです。しかし今回の件で、初めて自分が芸能人じゃなければと、悩むようになりました。『人生を共に歩みたい』そう思える人に初めて出会ったからです。もし何かあれば、僕はきっとこの仕事をしていた事を後悔するでしょう』

　零士が眼鏡を外す。

　その途端、フラッシュがバシャバシャと焚かれた。

『……そっと見守って欲しいです。お願い致します。どうか名前を忘れてください』

　零士と目が合ったような錯覚に陥る。

　珍しい。今日はコンタクトしていないのに眼鏡を外すなんて。

　最後の言葉に少し違和感を感じる。

　……まるで暗示。勘違いじゃなければ、この記者会見はもしかしたら俺の為に開いたのか？　被害を減らす為に……？

『お相手の方の素性に繋がる質問は答えられないという事ですね。では、どこが好きかなどはお答え頂けますか？　「俺の猫」と発言されていましたが、猫のような性格という事でしょうか』

　一人の記者が話す。

『優しいところと笑った顔が好きです……猫みたいに可愛いという意味です』

少し照れた顔。ほんのり赤い頬……

　テレビでそんな表情をした事はないらしく、会場が一気に騒がしくなる。

『その方とお付き合いして、どの位ですか!?』

『ご結婚のご予定は!?』

　記者の質問に対して、零士は少し照れながら顔を上げた。

　な、なんだよ、その顔は。どう答えるつもりだ。

　こっちまで緊張してしまい、手に汗を握る。

『……ずっと一緒にいたいです』

　優しい笑顔とその答えに、頬が熱くなる。

『せめて男性か女性かだけでも教えてください！』

『お相手の方はΩとの噂が流れていますが事実でしょうか!?』

『年齢はおいくつですか？』

　相手を探る質問。攻撃を躱すように零士はにっこりと笑い、『ご想像にお任せします』と一蹴。

『結局、その方には会えましたか？』

『……はい』

　零士が目を細める。それは本当に幸せそうな顔だった。画面を見ていられず、目を背ける。

　俺がマンションまで行って、零士は嬉しかったのかな……

　見ていて、むず痒い気持ちになる。

　は……恥ずかし過ぎる。

『出会いを教えてください』

『すみません。秘密です。僕にとって大事な思い出なので』

　はにかむ零士に会場は一層盛り上がりを見せる。

出会いって……

　居酒屋で俺がナンパしただけじゃん。

　やめろよ！　変な風に盛るの！

『初めて出会った時から運命を感じていましたか!?』

『どんな方でしょうか!?　その時に零士さんが感じた印象を教えてください！』

　益々エキサイトする記者達。

　初めて会った時、零士はダサい格好しててβと勘違い。高級ホテルのスイートルームに連れてかれて、ビビったっけ……

　一方的にイカされてリベンジの為に次の週、また次の週、居酒屋に通った。

　それがこんなに長く続くなんて……

『可愛いだけではなく芯がしっかりしている心の優しい人です。一緒にいるとほっとします。初めからタイプでしたが、運命を意識したのは徐々にです。その人が笑ってくれるだけで嬉しくて……会う度に想いが強くなり、気が付いたら自分の中で特別な存在になっていました』

　零士が頬を赤らめる。

　あいつ……！　なんて、こっ恥ずかしい台詞を!!

　へ……へぇ……タイプだったんだ。いやいや、騙されるな。あれはテレビ用!!

　考えたくないけれど、母さん、ソナ兄は確実に見ている気がする。

　……なんなの、この羞恥プレイ。

『初めてのデートはどこへ行きましたか？』

『ケーキバイキングです』

『お二人共、甘い物好きなんですね。他にはどんな場所へ行かれますか？』

『最近は、テニスに行きました』

　弾んだ声の零士をぼんやり見つめる。

　……そんな楽しそうな表情をして。

　やめろよ。ケーキバイキングもテニスも実際の話。全部、本当の事を話しているように思える。

　世間の反応がどうなっているのか心配になり、テレビを点けたままネットを開く。

【天下の零士様にあそこまで言わせるなんて……！】

【誠意を感じました】

【好感の持てる会見だと思います】

【相手が羨ましい】

【零士様、一途で素敵！】

　ネットを見る限りは否定的な意見はない。

　……全てが肯定的ってどういう事？

　謝罪会見としては時間的に長めだったらしい。ブレイク中の俳優が誤魔化さずきちんと会見を開き、誠意を込めて謝罪した事、質問を受け回答した事が高く評価されていたようだ。

　普通の奴がやったら、ただの色ボケ会見。けれどノースクープで今まで浮いた話ゼロだった零士のこの様子。

　問題発言をしたバラエティは過去に類を見ない高視聴率になるらしい。記者会見を開いたチャンネルも爆発的な数字が予想され、他局でもすぐにオンエアが開始。

　見つけた関係者のブログによると、俺が寝落ちている間に、零士は各所に頭を下げて回っていたらしい。

　──大変な事態だ。

　改めて『芸能人の零士』の凄さに驚く。

『大変申し訳ございませんが、零士はこの後、仕事がございますので、以上を持ちまして会見を終了とさせて頂きます』

　事務所の人が締めにかかり、画面が零士に切り替わった。

『本日は貴重なお時間を頂き、ありがとうございました。最後にお礼を伝えさせてください。社会人、芸能人として、あるまじき言動。非難されてもおかしくない僕に対し心配してくださった視聴者の皆様。心苦しく申し訳ない気持ちでしたが、たくさんの温かいお言葉とお心遣いに救われました』

　αは自分勝手で思いやりの欠片もない生き物だと思っていた。思えばαが詫びや礼をこんな風に伝えるのも珍しい事。零士はきっとファンの事を大事に思っているのだろう。

『どんなに励まされたか、心強かったか……いくら感謝の言葉を述べても足りません。同時に事務所の社長やマネージャー、先輩方、番組の関係者や出演者、『運命の番』のスタッフ……数え切れない程の人が力になってくれ、改めて多くの人に支えられ仕事をしていたんだと自覚するきっかけとなりました。今後は軽率な行動を反省し、初心を忘れず努力して参ります』

　それは零士の人柄が出るような話し方だった。

『重ねて、多大なるご迷惑をお掛けしました事を心よりお詫び申し上げます。この度は誠に申し訳ございませんでした』

　長い長いお辞儀をした後、謝罪会見は幕を閉じた。

　謝罪の場合は最敬礼。角度は45度以上、時間に決まりはないが三〜五秒以上が多い。零士のお辞儀はそれを更に上回る角度と時間。ネット上ではまた騒ぎになっていた。

俺はどんな顔をして零士を待ってりゃいいんだ。
　照れている表情を思い出す。
　違う。あれは多分、好感度アップの為の演技。
　……でも。
　真剣な顔。嬉しそうな顔。ケーキバイキングやテニスの話をしている時は本当に楽しそうな表情をしていた。

　その時、スマホが鳴り、突然の着信にドキッとする。
　画面にはソナ兄の名前。
　ぅ、うわー。ソナ兄だ。会見の話だよな。電話に出たくねぇ。でも心配かけたし。
「も、もしもし」
『レキ！　仲直りできたの⁉』
「うん。まぁ……別に喧嘩してたわけじゃないけど」
『良かったね！　俺、凄く心配してたんだよ！』
「言っとくけど、付き合ってないから」
　とりあえず否定しておく。
『またまたー！　照れなくていいよ。驚いたけど応援してるよ！』
「だから違うって……」
『零士様、格好良かった。レキはちゃんと零士様に大事にされてたんだね。レキの事、ちゃんと分かってくれて……俺、感動して泣いちゃった』
　ソナ兄は俺の話を全く聞いていない。
『で？　なんて答えるの？』
「……何が」
　やたら浮かれているソナ兄に聞き返す。
『「何が」って。さっきの公開プロポーズの返事』
「は、はぁ⁉　プロポーズじゃないし！」

『あれはどう見ても』

「違うよ！　あいつは変な奴なの！　ちょっと普通の人と感覚が違うんだ！　それにソナ兄も変!!」

『変じゃないよ。失礼な。零士様、「人生を共に歩みたい。そう思える人に初めて出会えた」って言ってたでしょ。それ以外にもたくさん……「レキが大好き」って伝わってきたよ。ドラマ見てるみたいだった。あんなに熱烈に口説かれたら、それだけでもう！　俺に言われたんじゃないのにキュンとしちゃったよ』

　他の人が見ても、そう感じるのか。あいつ、本当に俺の事……？

「ち、違ーう!!」

『違わないよ』

　あっさり否定されて困る。

　その時、助け船のように、スマホにキャッチが入った。

「あ!!　誰かから電話！　俺、出ないと！」

『逃げなくてもいいのに』

　くすくすと笑い声が聞こえる。

「逃げてねぇし！　悪いけど切るよ」

『今度、色々聞かせてね』

「……またね」

　もう突っ込むのはやめておこう。

「もしもし？」

『レキ！』

「母さん……」

　キャッチの相手は母さんだった。

　そうだ。連絡していない。

「あ……ごめんね。全然連絡してなくて。ちょっと色々あって」

『今は零士くんの家にいるの？』

「零士くん!?」

　ずっと『零士様』だったのに……

『そーなのよぅ。零士様って呼んじゃったらね、「お義母さん。俺の事は零士と呼んでください」って言われちゃったの！　本物は足長いし顔小さいし、芸能人キラキラオーラ全開だったわ!!』

　興奮気味に母さんが話す。

『今、零士くんが準備してくれたホテルにいるんだけど……超高級ホテルなのよ。信じられない位、豪華！　しかもＳＰみたいなボディーガードの人が常に部屋の前で待機してて！　零士くんのマネージャーさんに「こちらの都合なので料金はご心配なく」とか言われちゃったんだけど、どうしたらいいのかしら。こんな豪華なホテルとは思わなくて』

　零士、母さんのホテルまで手配してくれてたのか。そういえば、そんなような事を言っていたっけ。

『それより、おめでとう！』

　母さんの嬉しそうな声が怖い。

「何が」

『プロポーズ!!　レキもそういうお年頃なのね』

「ち……！　違うから!!」

　母さんまでソナ兄と同じ事を言っているし！

『零士くん。自分の片思いって言ってたけど、あんなに優しくて真面目でレキの事を想ってくれる人は他にいないと思うの！　お受けしてもいいんじゃないかしら。きっと零士くんなら大切にしてくれると思うわ』

　零士の回し者……？

　怒濤の展開に目眩がする。

「ごめん。俺、頭痛くて。その話はまた今度。電話切るね」

　強引に電話を切って、テレビを消した。

本当に頭痛い。

寝よう。体だるいし、頭も働かない。こういう時は寝るしかない。

布団を頭から被ると、零士の香りがまだ残っている。

なんとなく気まずくなり、顔を出す。

『俺にとって大切な人です』

さっきの映像を思い出し、悶絶。

やめろ！　出てくるな！

テレビ、見ていない振りでいいかな……

会見について感想を求められても困る。

*　　*　　*

目が覚めたら外は真っ暗になっていた。

……今、何時？

時計を見ようとしたら、不意にインターホンが鳴った。

来客なんて珍しい。

足音を立てずにドアホンの画面を見に行く。玄関の前で待っていたのは零士だった。

《to be continued…》

Enchanted perfume

紙書籍限定書き下ろし

「早かったな、零士」

　社長から呼び出され、事務所に寄ると、ファイルを渡された。

「お前とモデルの連にオファーだ」

　連とはレキの事である。雑誌撮影でフェロモンに強いモデルが捕まらず、正体がバレないよう変装させ、社長の知り合いという設定で前に代役を頼んだ。

　評判は上々。しかしレキにその気はなく、『連』に仕事の話が来る度、社長の方で対応して貰っていた。

　それなのに、俺に話すって事は──

「断れない相手ですか」

　社長は答えず、催促するように目配せをした。

　とりあえず資料を捲る。

「ベッドシーンありの香水のポスターだと。監督は上条氏。お前がメインで連は前回同様、顔出しなし」

　上条さんか……

　彼はスタッフゼロで撮るフォトグラファーだ。独特の世界を作り上げる鬼才の持ち主で、手掛けたＣＭ、写真集、ポスターは数知れず。被写体は気に入った相手だけで、素人を使う事もあり、売れていれば誰でも撮って貰えるわけではない。

　理由をつければ断れるが、彼の写真は溜息が出る程、綺麗なんだよな。何度かお世話になったけれど、プライベートには全く興味がない人だし……

「これでも譲歩したんだぞ？　『連も顔を写したい』ってごねてきたから、神秘的で売ってる身バレ不可のモデルだと説得したんだ」

　社長に言われ、少し考える。

　……上条さんが相手なら、レキと一緒にやってみたい。

好奇心に勝てず、スマホの履歴を開く。

　ダメ元で誘ってみたところ——
　一度は断られたが、顔が写らない事、スタッフはゼロ、報酬が決め手となり、レキを巻き込む事に成功した。

　　　　　　＊　　　＊　　　＊

　俺の衣装はスーツ。着替えてから指定されたスタジオの扉を開く。
　上条さんはベッドの明かりを調整していた。
「おはようございます。今日はよろしくお願いします」
　俺が挨拶すると、上条さんは時計を見上げた。
「よぉ、零士。相変わらず入りが早いな」
　本当はレキも一緒に来たかったけれど、時間をずらして来る予定。ソワソワしながら、レキを待つ。

「連って零士の恋人？」
　上条さんが手を止めて聞いてきた。
　突然の言葉に驚く。
　珍しい。モデルに興味を持つなんて。
「……違いますけど」
「遊園地の紹介雑誌見たよ。あれ、演技じゃなくて素だっただろ？緩んでる表情なんて珍しかったから。久し振りにインスピレーション湧いちゃってさ。俺が撮ったら、天下の零士様はどんな顔をすんのか、興味津々」
　妙に勘が良いんだよね、この人……

「失礼します」

白いシャツを着た黒髪のレキが部屋に入ってきた。
「初めまして。連です。よろしくお願い致します」
「君も随分、早いな。上条だ。面子は揃ったし、始めよう」
　上機嫌な様子で、上条さんはカメラの方へ歩き出した。

「香水の瓶が白と黒。それに合わせて撮影する。一枚目は『甘い新
婚生活』『幸せ』『大切な人』がテーマ。二枚目は黒いシャツにチェン
ジ。『禁断の恋』『誘惑』『危険な相手』のイメージで演じてくれ。
とりあえず、そこに腰かけて」
　監督の指示通り、出窓に二人で座った。
　真っ白なカーテンが揺れて、風が入ってくる。窓の外には鮮やか
な新緑が広がっていた。

「今回はパルファンのポスターだ。連、香水の知識は？」
「すみません。詳しくありません。パルファンが一番持続時間が長
く香りが強いという位しか……」
　上条さんの言葉にレキが少し不安そうに答える。
「それだけ分かってれば十分。足首に付けて」
　上条さんから香水の入った瓶を渡された。
　パルファン、オードパルファン、オードトワレ、オーデコロン。
香水は濃度によって分類される。
　レキは普段、香水をつけない。だから知っていたのは意外だった。
　もしかしたら、わざわざ調べたのだろうか。

　洗練されたデザインのクリスタルガラス。たった一滴で甘い香り
が辺りに漂う。
　トップノートはスイートキャンディ。これ、発情期の時のレキの
香りに少し似ているな……

266

「じゃあ、最初は肩を抱いて」
　上条さんに言われ、レキを引き寄せてそっと抱きしめた。
「れ、零士さん」
「あぁ、ごめんね。良い香りで」
　指示以外の事をしたせいでレキは焦っている。
「ポージングは決まってないから臨機応変に。連、顔は出ないけど、
表情、全身で演じてくれ」
「はい」
　レキが緊張しつつ、答えた。
「零士、向き合ったまま肩を抱いてみて。お互い嬉しそうに」
「はい」
　今度は上条さんの言う通りにする。
　笑顔を向けると、レキの頬が赤く染まった。
　ラッキーな撮影に浮かれてしまう。

「なかなかいいな。次は腕をお互い腰に」
「今度はあえて躊躇いがちに、手を繋いで」
「連、零士のネクタイを直してる風に。目線を上げて」
　その言葉で、恥ずかしそうな様子のレキと目が合う。
　キュンとして、表情が作れない。
　撮影中だと忘れてしまいそうになる。

　少し経って香りが変化してきた。
　ミドルノートは上品なシャボン系。爽やかな香りに癒される。
「はにかんで」
「今度は後ろ姿。手を繋いで窓の外を眺めて」
　照明のせいか、レキがいつもより輝いて見える。

妖艶なライトとサイドボードに飾られた赤いバラ。後半戦、先程の香水を落とし、二人でベッドに上がる。
　レキは光沢のある黒いシャツのボタンを全部留め、ダークグレーのベストを着用。
　俺はボタンを三つ外すように指示され、胸元を開いた。
　同じデザインの半透明な黒のクリスタルガラス。金の蓋（ふた）を開けると、バラとフェロモンを混ぜたような香りがする。

「『君の匂いに酔う』感じで表現してくれ」
「零士が押し倒して、右足を持ち上げて」
「連は甘えるみたいに首に腕を回して」
「連、零士のシャツに手を入れて」
「ベルトもはずして。誘うように、いやらしく！」
「もっと足を絡み付かせてみようか」
　指示が段々際どくなる。
　──迫られるの、最高。

「……おい。これ、本当に香水のポスターか？　アダルトなやつとかじゃねぇだろうな」
　耳元でそっと聞かれた。
　レキの台詞に思わず吹き出しそうになる。
「やめてよ。さっき、『ムードを大事に』って言われたでしょ。笑わせないでくれる？」
「あいつ、ただのエロ親父にしか見えないんだけど」
「世界に名の知れたフォトグラファーだぞ？　ぶっ、くく……」
　我慢できず、うっかり笑ってしまった。
「おい、零士。何、笑ってんだぁ？　お前、それでもプロか？　プ

ロならちゃんとやれ！」
　上条さんはわざと低い声を出してきた。
「ほら、怒られた」
　小声で文句を言ってから、咳払いして気を取り直す。

                    ＊　　　＊　　　＊

　無事に撮影終了。
　レキが控室に入ったのを見計らって、上条さんの所へ。
「どうした？　忘れ物か？」
　上条さんが片付けながら聞いてきた。
「スチル、見せてください」
「お前がスチル見たがるなんて……でも駄目だぜ？　長い付き合い
だから知ってんだろ？　完成するまで見せないよ」
「……連くんの顔や身体的な特徴が出る部分は絶対に出さないでく
ださいね」
　念の為、釘を刺しておく。
「やっぱ付き合ってんの？　滅茶苦茶過保護じゃん」
「余計な詮索は結構なんで。約束守らないと、日本で写真撮れなく
しますよ」
「怖い怖い。天下の零士様が脅しかよ」
　楽しそうに肩を揺らす上条さんを見て溜息をつく。
「お前、今日、演技してなかっただろ？　貴重な撮影だったな。ミ
ステリアス俳優の素の表情。また騒がれるかもよ？」
「……そうですね」
「隠す気、ゼロかよ！　変わったな。前は完璧なマシーンみたいな
奴だったのに」
　楽しそうな表情を見て、笑顔を返す。

そうかもしれない。
レキと一緒にいると——

＊　　＊　　＊

『零士。ポスター完成したぞ』
　連絡を受けて、上条さんのアトリエに向かった。
　レキは大学で授業中。楽しみで先に来てしまった。
　扉を開けると、白と黒を基調にした対照的な二枚の大きなポスターが目に入る。
「どうだ。良い出来だろ？」
　上条さんが自慢気に言ってきた。

【White】
【二人で幸せに浸りたい】
【優しい香りに包まれる】
　真っ白なカーテンとシャツが眩しい。幸せそうに抱き合い寄り添っている俺達は、どこからどう見ても恋人。
　甘い雰囲気を見て、嬉しくなる。

【Black】
【誰にも言えない恋】
【誘惑の香りを二人で纏う】
　こっちはベッドで抱き合っている写真だ。乱れているシャツとシーツがなんとも言えない雰囲気を出している。
　自分の欲情している顔。演技ではなく、レキに触れられて——

「……上条さん。お願いがあります」
「なんだよ。真剣な顔をして。最高の写真が撮れたと思ってる。撮り直しなら応じないぞ」
「いいえ。データを売ってください。言い値で買います」
　ポスター以外の写真も買い取りたいと交渉すると、上条さんは笑ってからデータをくれた。

＊　　＊　　＊

「なんだよ。笑いながらスマホを見て」
　後日、スマホの待ち受けにしていたら、レキに気付かれた。
「秘密」
　さっとスマホをポケットにしまう。
「……何、見てたんだ？」
　少し面白くなさそうな顔。いつも一緒にいる時、画面を隠した事はなかったから、興味を持たれてしまったらしい。
「なんでもないよ」
「そんなわけないだろ。見せろよ」
　レキがポケットに手を伸ばしてきた。
「エッチ」
　それっぽく言ってみる。
「阿呆か！」
　体をまさぐられたけれど、特には抵抗せず、されるがままになる。
　ニヤけていたのに気付かれたのか、レキは探るのをあっさりやめてしまった。

「どうせエロ動画かなんかだろ。お前も所詮ただの男なんだな」
「……そういう誤解は不本意だ」

画面のロックを外し、レキの目の前に出す。

　白は、ネクタイを直して貰っている新婚風の写真。黒は、騎乗位でレキに迫られている写真。
「これ、この前の撮影の⁉」
　驚いて、大声を上げるレキに頷く。
「レキ以外で抜いたりしないから心配しないで」
「……んな事は心配してねぇ！　っていうか、何、トップ画面にしてんだ！　消せっ‼」
「やだ」
「しかも黒は際どいやつ！　俺の顔も写って……寄りによって、なんでそれなんだ‼」
「レキが可愛かったから」
「はぁ⁉」
　撮影、楽しかったな。
　データもいっぱいくれたし、上条さんに感謝しないと。

「上条さんがモデルの連くんの事、気に入ってたよ。また一緒に仕事できるといいね」
「二度とやるか！」
　ご機嫌斜めな様子を見て、笑ってしまう。
「怒らないで。ちゃんと消すから」
　目の前で画像を削除すると、レキはほっとした顔を見せた。
「……随分あっさり消したな」
　訝しげな様子を見て、笑いを堪える。
「何？　レキも壁紙にしたかった？」
「するかっ！」
「はは。照れなくていいのに」

「照れてないっつーの！」
「そうだ。俺、今日は仕事休みだし、バイト先まで送るよ」
「別にいらん」
「買い物行くついでだから」
　遠慮するレキに強引に鞄を渡した。

　──バックアップ済みなのは、レキには秘密。
　一人でこっそり笑いながら、車の鍵を手に取った。

《END》

エクレア文庫をお買い上げいただきありがとうございます。
作品へのご意見・ご感想は右下のQRコードよりお送りくださいませ。
ファンレターにつきましては以下までお願いいたします。

〒162-0822
東京都新宿区下宮比町2-26 KDX飯田橋ビル 5階
株式会社MUGENUP エクレア文庫編集部 気付
「りょう先生」／「MEGUM先生」

✒ エクレア文庫

魔性のαとナマイキΩ -Be mine！sideR- ［中］

2022年9月28日　第1刷発行

著者：りょう ©RYO 2022
イラスト：MEGUM

発行人　**伊藤勝悟**
発行所　**株式会社MUGENUP**
　　　　〒162-0822 東京都新宿区下宮比町2-26 KDX飯田橋ビル 5階
　　　　TEL：03-6265-0808（代表）　FAX：050-3488-9054
発売所　**株式会社星雲社（共同出版社・流通責任出版社）**
　　　　〒112-0005 東京都文京区水道1-3-30
　　　　TEL：03-3868-3275　FAX：03-3868-6588
印刷所　**株式会社暁印刷**

カバーデザイン◉spoon design（勅使川原克典）
本文デザイン◉五十嵐好明

Printed in Japan
ISBN 978-4-434-30835-2